Comme un père

Du même auteur

Romans

Enterrement de vie de garçon, Stock, 2004, J'ai Lu, 2009.
Les Liens défaits, Stock, 2006 (prix Roger-Nimier 2006), J'ai Lu, 2010.
Une si douce fureur, Stock, 2006, J'ai Lu, 2010.
Une Belle époque, Stock, 2010, J'ai Lu, 2012.
Une certaine fatigue, Stock, 2012.
Soldat d'Allah, Grasset, 2014.
Des heures heureuses, Flammarion, 2018.
Demi-siècle, Flammarion, 2021 (prix des Hussards 2021).
L'Ouverture des hostilités, Presses de la Cité, 2022.

Essais

Patrick Besson, Éditions du Rocher, coll. « Domaine Français », 1998.
Foot Business, Hachette Littératures, 2001.
Le Nouvel ordre sexuel, Bartillat, 2002.
Les Bouffons du foot, Éditions du Rocher, coll. « Colère », 2002.
À l'est d'Eastwood, La Table Ronde, 2003.
Clint Eastwood, Fitway Publishing Editions, 2005.
Deuxièmes séances, Stock, 2009.
Callcut, boire pour se souvenir, Éditions du Sandre, 2010.
De chez nous, Stock, 2014 (prix Renaudot de l'essai 2014).
Dictionnaire chic de littérature française, Écriture, 2015.
Les Mondes de Michel Déon, Séguier, 2018.
Petit éloge amoureux de Toulouse, Privat, 2021.
Houellebecq politique, Flammarion, 2022.
Poste restante, Flammarion, 2023.

Christian Authier

Comme un père

éditions du
ROCHER

Éditions du Rocher
28 rue Comte-Félix-Gastaldi – BP 521 – 98015 Monaco

www.editionsdurocher.fr

ISBN : 978-2-268-11209-1
EAN epub : 9782268112329

À la mémoire de mon père,
Jean Authier (1935-2025).

Chapitre I

En cette matinée d'avril 2017, peu avant dix heures, Alexandre Berthet avait installé comme à l'accoutumée son ordinateur portable sur la table de la vaste salle de séjour de son appartement. Des rayons de soleil passaient entre les persiennes des volets et Alexandre aimait la lumière de ce moment de la journée dans la saison. Pour écrire l'article qui l'occupait sur Herbie Hancock, bientôt de passage en concert dans la ville avec un quatuor électrique, il s'était replongé dans la discographie du pianiste, même si les morceaux des albums *Maiden Voyage* et *Speak Like a Child* réécoutés en boucle sur Deezer ne figuraient pas au répertoire de l'actuelle tournée. Toutefois, ces vieux thèmes du milieu des années 1960 installaient une ambiance propice à l'écriture. Des tasses de café alimentaient sinon l'inspiration du moins la concentration que les incursions sur la table du chat Oscar, un gros matou roux taché de blanc, ne venaient perturber. Vexé par l'inattention de son maître, l'animal se consolait en faisant ses griffes sur l'énorme arbre à chat installé devant l'une des fenêtres.

À midi, l'article d'environ 4 500 signes était achevé. Après relecture et corrections, il serait envoyé à la rédaction du webzine *L'Essentiel de la culture*, auquel le jeune homme collaborait en écrivant sur la musique, la littérature et parfois le cinéma. En outre, le site lui permettait de publier certaines de ses photographies en attendant, espérait-il, qu'un jour ses travaux bénéficient d'une exposition dans une galerie. À *L'Essentiel de la culture*, le montant des piges était modeste et assurait autour de huit cent euros mensuels, mais Alexandre n'avait pas besoin de travailler et il aurait pu se contenter d'être rentier. À l'aube de ses vingt-sept ans, qu'il fêterait le 17 juin, il était propriétaire du grand appartement où il vivait et que lui avait légué sa grand-mère, décédée en 2009. En outre, un an auparavant, à sa majorité, Alexandre avait hérité des biens de sa mère disparue sept ans plus tôt, en 2001, atteinte d'une leucémie foudroyante, alors qu'il n'avait que douze ans. En dépit de cette fortune liée à l'infortune du destin, Alexandre n'avait pas cédé aux sirènes de l'insouciance, de l'oisiveté ou d'une vie dispendieuse que son aisance financière autorisait.

Après une année à l'université d'histoire, il bifurqua vers le droit jusqu'au Master 1 tout en intégrant l'Institut d'études politiques de Toulouse. À vingt-cinq ans, ses diplômes en poche, il fut embauché par un hebdomadaire local au salaire minimum et commença à piger pour *L'Essentiel de la culture*. Hélas, son entrée au sein de l'hebdomadaire se déroula au moment où le nouveau directeur de la rédaction, le fils des propriétaires, décida d'une réorientation éditoriale. Aux pages culturelles et politiques d'une belle tenue succédèrent des faits divers destinés à alimenter quotidiennement le site internet du journal et à être relayés sur les réseaux sociaux. À terme, l'objectif était d'abandonner la version papier dès que l'audience numérique serait suffisante, mais la stratégie ne réussit qu'à détourner les anciens lecteurs sans en gagner de nouveaux. Au bout de onze mois passés au cœur de cette rédaction étrange commandée par un incompétent, qui n'avait jamais lu un journal de sa vie mais que les liens du sang avaient placé à un poste aussi incongru que celui de chef d'orchestre pour un poulet de Bresse, Alexandre négocia une rupture conventionnelle. Dès lors, il se consacra au webzine culturel et à la photographie. « Pas bien haut, mais tout seul » : il avait entendu cette devise, attribuée à Kipling, dans un film et elle correspondait assez à son état d'esprit sans qu'elle efface chez lui le secret désir d'opportunités plus grandioses.

Récupérant son téléphone portable, placé en mode silencieux, sur la table basse du salon, le jeune homme découvrit qu'on lui avait laissé un message vocal quelques minutes auparavant, à 12 h 10. Dans un roman, le héros aurait sans nul doute eu un pressentiment, tandis qu'au cinéma le metteur en scène aurait utilisé un gros plan et une musique adéquate pour signifier l'importance de la séquence à venir. En l'occurrence, c'est en toute insouciance qu'Alexandre écouta le message.

« Bonjour Alexandre, c'est ton père. J'espère que tu vas bien. Je suis de passage ici pour affaires, quelques jours ou un peu plus, et je me suis dit, enfin, si tu étais d'accord bien sûr, je me suis dit que cela pouvait être l'occasion de se voir. Je suis libre ce soir, on peut dîner ou prendre un verre en ville, sinon un autre jour. Mon numéro a dû s'afficher, au cas où je te le laisse : 07... Je t'embrasse. »

La voix était basse, douce et cependant sûre d'elle-même. S'il eut été fumeur, Alexandre eût allumé une cigarette. En s'asseyant sur le canapé du salon, il réécouta le message puis alla se servir un verre de muscadet à la cuisine avant de retrouver le canapé et d'écouter à deux nouvelles reprises ces phrases commençant à se graver dans sa mémoire. La première hypothèse qui lui vint à l'esprit – un canular de très mauvais goût – s'estompa rapidement. Qui aurait pu avoir l'idée délirante de se faire passer pour son père ? Alexandre n'osa pas téléphoner à son oncle ni à ses tantes. Ces derniers l'auraient inévitablement averti si Patrick Berthet avait tenté d'entrer en contact avec lui par leur intermédiaire. De fait, comment avait-il obtenu son numéro de portable ? Malgré ce mystère, il s'agissait de se rendre à l'évidence, aussi incroyable fût-elle : il y avait quatre-vingt-dix-neuf possibilités (le mot « chance » usité en général convenait mal dans le contexte) sur cent pour que l'auteur du message soit bien son père.

Irréel, improbable, dingue : ces adjectifs tournaient dans l'esprit d'Alexandre. De pauvres adjectifs incapables de traduire le désordre et l'ébullition occupant ses pensées secouées tels les ingrédients d'un cocktail dans un shaker. Cette voix dans le téléphone parvenait presque d'outre-tombe, depuis un territoire reculé, un monde si lointain qu'il appartenait à une autre dimension que celle de la réalité et du quotidien. La banalité confondante du message, celui qu'un père « normal » laisse à un fils, renforçait le caractère extraordinaire de la situation. Après un moment où l'hébétude se mêla à l'excitation, un moment de dilatation et de contraction du temps dont Alexandre eût été incapable de fixer la durée, mais qui s'étira sur un peu plus d'une heure, il décida de répondre au message par un SMS : « OK pour ce soir, on peut dîner au *Bibent*, place du Capitole, 20 h 30. Alexandre. » La réponse ne tarda pas, encore plus lapidaire : « Parfait, à ce soir. »

À l'immense fatigue qui s'abattit sur lui, le jeune homme répondit par un deuxième puis un troisième verre de muscadet le plongeant dans un sommeil comateux. Une trentaine de minutes plus tard, il fut réveillé par Oscar qui avait rejoint son maître sur le canapé et qui réclamait de l'attention par des coups de tête contre son bras droit, puis en grimpant sur son ventre. Gratifié de quelques gratouillis sur le crâne et sous le menton, le chat disposa et s'endormit à son tour. Deux cafés serrés sortirent Alexandre d'une torpeur dont il eût préféré rester prisonnier. Cinq heures le séparaient du rendez-vous fixé dans l'illustre brasserie de la place du Capitole, là où Jean Jaurès eut ses habitudes ainsi que, plus brièvement, mais non sans effets, un groupe de nationalistes serbes de Bosnie fomentant un attentat contre l'archiduc d'Autriche à Sarajevo en 1914, avec les conséquences que l'on sait. Quoi qu'il advienne, le rendez-vous entre Alexandre et son père ne provoquerait pas une guerre mondiale, mais il suscitait chez le garçon une anxiété de diplomate en temps de crise internationale aiguë.

Comment aborde-t-on un père qui vous a abandonné il y a plus de vingt ans, quittant femme et enfant, ne donnant par la suite aucun signe de vie, même lors du décès de la mère de son fils âgé alors de douze ans ? De quoi parle-t-on avec lui ? Comment appelle-t-on un tel individu ? Un salopard ? Une ordure ? Un fou ? Sur l'un de ces petits carnets qu'il affectionnait lors de ses travaux préparatoires pour des articles, Alexandre nota des phrases définitives. « J'espérais ne plus te voir, maintenant barre-toi » : non, trop vulgaire. « Je pensais que tu étais mort, je ne te cache pas ma déception » : mauvais mélodrame. L'option « lui casser la gueule » fut écartée. Lui jeter un verre d'eau ou de vin au visage faisait scène de ménage. Fatigué par la colère et la rancœur qui l'assaillaient, il essaya de rassembler les souvenirs et les sentiments liés à ce père qu'il n'avait presque pas connu. Des scènes, des images, des sensations ressurgirent telles ces épaves repêchées des fonds marins des décennies après leur naufrage. Un passé couvert de rouille qu'il eût mieux valu laisser dormir dans les abysses.

Chapitre II

Patrick Berthet avait quitté Emmanuelle Rives et leur fils Alexandre, qui n'avait pas encore cinq ans, au début de 1995. Un jour après ce départ, sa mère expliqua à l'enfant que papa était en voyage et qu'il ne serait pas là avant un certain temps.

— Mais il va revenir ?

— Oui, bien sûr, mais pas tout de suite, il faudra attendre un peu.

— Vous vous êtes disputés ?

— Non, papa a dû partir pour son travail. Tu comprends ? C'est juste pour un moment...

Alexandre ne comprenait pas, mais il ne voulait pas rendre encore plus triste sa maman. Parce qu'elle était triste, il le sentait, malgré les sourires qu'elle lui adressait en caressant ses joues. Pour sa part, Emmanuelle ne savait pas quand Patrick reviendrait, ni même s'il reviendrait vivre à leurs côtés. Cependant, elle pressentait le pire et la réalité se révéla plus terrible que ce qu'elle avait envisagé puisque Patrick Berthet ne revit pas son fils. Au fil des mois et des années, d'autres explications justifièrent l'absence du père condamné par son métier à des voyages en Chine ou en Amérique dont on ne pouvait pas savoir la durée. Une longue absence, toujours renouvelée, qu'Alexandre aurait pu admettre si des coups de fil ou des lettres avaient maintenu un lien avec ce père disparu. Autour de ses sept ans, Alexandre décida de ne plus espérer ni attendre un hypothétique retour. Par des regards et surtout des silences, il scella un pacte avec sa mère dont les termes auraient été : « N'en parlons plus. »

Les années passèrent, filèrent. Bien qu'accaparée par son métier d'avocate, Emmanuelle aima et éleva du mieux possible son petit garçon. Épaulée par sa famille, elle s'évertua à toujours l'occuper : week-ends à la campagne, à la mer ou chez ses grands-parents, voyages, cours de tennis et de piano... Très bon élève, Alexandre méritait d'autant mieux ces récompenses. Dès son jeune âge, il découvrit Londres, Lisbonne, Rome, Venise, Marrakech, Madrid, Barcelone et même New York et le Cap-Vert. On lui organisait aussi des anniversaires à tout casser. L'oncle Jacques, qui habitait à dix minutes à pied de chez sa sœur Emmanuelle, était souvent auprès d'elle et de son fils avec Laurent et Antoine, les cousins d'Alexandre, un peu plus âgés que lui, et son épouse Laurence que le petit garçon appelait tatie. Ses « vraies » tantes, Françoise et Florence, étaient aussi présentes auprès de leur neveu lorsque Emmanuelle était prise. Quant à papy et mamie, François et Louise, ils adoraient ce petit-fils avec encore plus de tendresse que leurs autres petits-enfants qui ne connaissaient pas l'épreuve de grandir sans leur père. Ce bouillonnement familial contrastait avec le désert qu'était la famille paternelle de Patrick. Celui-ci avait perdu ses parents en 1987 lors d'un accident de voiture. Âgé de vingt-deux ans, il s'était fâché lors de la succession avec sa sœur aînée – et unique – qui vivait aux États-Unis. Dans ses premières années, Alexandre n'avait connu aucun membre de la famille de son père. Rétrospectivement, ce vide put paraître comme un signe avant-coureur. En pratique, il facilita néanmoins la disparition de Patrick de sa vie.

C'est une enfance finalement heureuse qu'il connut jusqu'au décès de sa mère, emportée en octobre 2001 par une leucémie qui ne lui laissa que peu de répit. La maladie d'Emmanuelle fut diagnostiquée en avril. Ses parents, ainsi que son frère et ses sœurs, tour à tour, l'accompagnèrent avec Alexandre durant tout l'été sur la Costa Brava, au Cap-Ferret et dans l'une des maisons de famille près de Nice. On n'avait pas caché à l'enfant que maman était « fatiguée » et qu'elle devait suivre un traitement. Dans un climat paradoxalement festif, plein d'amis de passage, de cousins et de cousines, de baignades, de longs déjeuners, de sorties en bateau, de dîners au restaurant, ces vacances furent les plus réussies que vécut Alexandre. La rentrée se déroula dans une ambiance plus anxiogène, funèbre. Âgé de onze ans, le garçon posait des questions sur les attentats ayant frappé les États-Unis. Comme tout le monde ou presque, il vit l'effondrement des Twin Towers à la télévision, des images d'apocalypse, de destruction, de survivants hébétés émergeant des nuages de poussière. Cela pouvait-il arriver chez nous ? Pourquoi tuait-on ces gens ? Tel un écho amoindri, cinq semaines plus tard, l'explosion de l'usine AZF provoqua des dommages collatéraux jusque dans le cœur de la ville. À cette date, cela faisait déjà dix jours qu'il vivait chez Jacques et Laurence, depuis que sa mère avait été hospitalisée. Emmanuelle décéda le 27 octobre au matin. À 12 h 30, papy François, qui venait le chercher au collège Pierre de Fermat pour déjeuner, était accompagné par l'oncle Jacques. Les cousins Laurent et Antoine, dont la présence était tout aussi inhabituelle à ce moment-là, affichaient de drôles de tête avec leurs yeux rougis. Alexandre ne retourna pas en cours pendant une semaine.

L'année 2001 resterait à jamais gravée dans sa chair et son esprit. Au chaos du monde répondait une dévastation intime. Jacques et Laurence devinrent les tuteurs légaux de l'enfant. Personne dans la famille, sinon peut-être Emmanuelle qui ne s'en était ouverte à quiconque, n'avait eu de nouvelles de Patrick Berthet depuis 1999, date où apparemment il vivait au Brésil. Après la mort d'Emmanuelle, Jacques retrouva la trace de la sœur installée aux États-Unis, mais près de dix années s'étaient écoulées sans qu'elle ait eu le moindre contact avec son frère. Emmanuelle Rives et Patrick Berthet ne s'étaient pas mariés, et si ce dernier avait reconnu Alexandre, sa longue absence et l'abandon du domicile familial autorisaient Jacques et Laurence à s'occuper de l'enfant.

À la surprise et au bonheur de tous, Alexandre surmonta l'épreuve du deuil et de sa nouvelle vie d'orphelin. Nulle crise d'adolescence chez ce gamin sage, curieux de tout, ouvert, enthousiaste, jamais capricieux, qui aimait la compagnie des livres à l'inverse de ses deux cousins devenus presque des frères. Son attitude forçait l'admiration, notamment du grand-père François se félicitant que son petit-fils ait échappé à l'emprise des psychologues, psychanalystes et autres professionnels qu'il considérait comme des gourous cupides et malfaisants. Jacques et Laurence l'entouraient d'amour sans en faire trop, sans lui donner le sentiment qu'il était une victime, un être à part, une chose fragile, un grand blessé que l'on n'ose exposer aux contraintes et exigences de la vie ordinaire. Il est vrai que celles-ci étaient modestes et plutôt agréables dans ce milieu bourgeois : de bons résultats scolaires, des rendez-vous familiaux à honorer, de bonnes manières à appliquer à soi et aux autres.

En dépit des apparences, l'absence de son père, sa fuite inexpliquée venaient tarauder naturellement l'adolescent dont la stratégie du silence était partagée par le reste de la famille. Il avait voulu le chasser de son esprit, mais l'on n'efface pas ainsi un père, même absent, même enfui on ne sait où, peut-être décédé. Parfois, il eût préféré qu'il fût officiellement mort. Au moins, il y aurait eu une certitude. À certaines époques, il attendait un signe, surveillait la boîte aux lettres autour des fêtes de Noël ou de la nouvelle année, de sa date d'anniversaire. Espoirs dérisoires qui s'imposaient néanmoins comme une mauvaise herbe que l'on arrache et qui repousse. Claquemuré dans son indifférence affichée, Alexandre n'osait pas demander à Jacques et à Laurence, ni à ses grands-parents si, de leur côté, ils avaient ou avaient eu des nouvelles. De toute évidence, ils lui en auraient fait part. Internet n'offrit aucun renseignement actuel ou passé sur Patrick Berthet, juste de rares homonymes qui manifestement ne pouvaient être confondus avec lui. Ces phases de quête, de recherche, de manque étaient rares et s'espacèrent avec le temps. Patrick Berthet était devenu un fantôme et son fils avait passé l'âge de croire aux fantômes.

Avec l'assentiment de Jacques et Laurence, Alexandre loua un appartement peu après l'obtention de sa majorité avant qu'il n'accomplisse sa rentrée universitaire en première année d'histoire. Un an plus tard, après le décès de sa grand-mère Louise terrassée par une crise cardiaque en novembre 2009, il s'installa dans l'appartement de la rue du Puits-Vert qu'elle lui avait légué. Une famille de cinq personnes y aurait été à son aise. Le jeune homme vivait seul, transforma une chambre en labo photo, aimait recevoir et cuisiner pour ses oncles, tantes, cousins et son grand-père toujours plus taciturne depuis la mort de son épouse qu'il rejoindrait bientôt.

Ses quelques amis ne refusaient jamais une invitation autour d'un match de foot ou d'un film. Bien que décidé à travailler et à ne pas vivre de ses rentes, Alexandre ne fut guère emballé par sa première découverte du salariat et du monde de l'entreprise.

Naïvement, il cultivait une haute idée de la presse écrite, même incarnée par un petit hebdomadaire de province auquel avaient collaboré des écrivains et qui l'embaucha après quelques piges. L'expérience tourna court. Au fil des mois, il fallut récolter des clics, des *likes*, des *retweets*, des *followers* plutôt que d'authentiques lecteurs. Tout ce qui était culturel était mal vu, les photos devaient être choisies dans une banque d'images de bas étage. Soulagé par son départ de l'entreprise, il eut un temps l'idée d'une exposition baptisée « Captures d'écrans » qui aurait rassemblé des prises de vues des articles aux titres les plus racoleurs publiés en ligne par le journal, comme « Un retraité tente d'abuser d'une ponette » ou « L'amateur de barbecue mord la main d'un gendarme », mais il renonça au projet.

Malgré ces petites déceptions, et surtout malgré l'ombre portée par les disparitions de sa mère et celle de son père dont il avait pris acte, la vie était plutôt douce pour Alexandre. À l'abri matériellement, il avait le privilège de se consacrer à ce qui lui plaisait et de repousser les contingences avilissantes. Sa discrète tristesse et son élégance plaisaient aux filles, son physique aussi, soyons honnête, sans que de grandes passions amoureuses aient à ce jour bouleversé, pour le meilleur ou pour le pire, les élans de son cœur. Oui, tout allait bien. « *Tudo bem* » comme il disait à ses copains en prenant l'accent brésilien qu'il aimait tant dans les chansons de Joao Gilberto ou de Djavan. Tout allait bien jusqu'au message de Patrick Berthet, ce 15 avril 2017 autour de midi, et les retrouvailles inattendues qui s'annonçaient.

Chapitre III

Dans trois heures, il verrait son père. Le reconnaîtrait-il seulement ? Rien n'était moins sûr. Seuls de vieux souvenirs délavés et des photos de ses parents attestaient de l'existence et du passage de cet homme dans la vie d'Alexandre. Il en avait hérité son nom de famille, Berthet, tandis que son maigre répertoire intime ne consignait que des images de tours de manège et de bains de mer. Pas de réminiscences de séances de cinéma avec lui, c'était plutôt sa grand-mère qui amenait l'enfant découvrir les films d'animation de son âge. Pas de lectures non plus, domaine réservé à sa mère qui le couvrit de livres jusqu'au bout. Il y avait bien l'empreinte du parfum paternel ou de son eau de toilette, qu'Alexandre crut retrouver plus tard en embrassant le père d'un copain ou des amis de son oncle, et la vision de sa silhouette, en contrejour dans l'embrasure de la porte de sa chambre, quand il venait vérifier si son fils dormait – mais cette vision, il n'aurait su dire si elle avait existé ou s'il l'avait rêvée.

Quant aux photographies de ses parents et celles, plus rares, de son père seul, il les avait remisées à l'adolescence dans une boîte à chaussures. Au-delà des blessures particulières que ces clichés pouvaient réveiller en lui, toutes les photos de famille le rendaient triste, y compris celles mettant en scène des personnes qu'il connaissait peu ou pas. Ce temps enfui, si lointain, que même les êtres immortalisés sur les photos avaient souvent oublié, le rendait triste. À ses yeux, il y avait quelque chose de déchirant dans ces morceaux d'existence épinglés comme des papillons morts. Sur les photographies, tout le monde riait ou souriait. Évidemment, on ne fixait que des moments heureux ou censés l'être – repas de famille, baptêmes, communions, mariages, fêtes... – du moins jusqu'à l'arrivée des téléphones dits intelligents qui déclenchèrent une frénésie photographique inédite puisque même les plats que l'on mangeait et les instants les plus insignifiants n'échappaient plus au rituel. Pour autant, ces photos numériques ne valaient rien ou presque. On les prenait, on les postait sur tel ou tel réseau, puis on les oubliait et elles disparaissaient des mémoires humaines du fait même de leur accumulation et de leur production à flux permanent.

Sur les « vraies » photos, les photos tirées sur papier, parfois encadrées ou rangées dans un album, l'enfance, la jeunesse, le bonheur, l'amour ou l'amitié – tout ce que l'on aimerait éternel et qui s'enfuit presque toujours – s'imprimaient dans leur fraîcheur et leur innocence pour ensuite devenir des traces qui se transformeraient en remords. Alexandre n'avait nul besoin d'ouvrir le carton à chaussures pour voir apparaître celles qui lui étaient les plus chères et par là même les plus douloureuses. Sur l'une, qu'il conserva un temps dans sa chambre, sa mère regardait l'objectif, son père était de profil, tourné vers Emmanuelle et, entre eux, il y avait Alexandre, que l'on devinait âgé d'environ deux ans car aucune date n'était couchée au dos. Le jeune couple ressemblait à des acteurs hollywoodiens. Elle : Faye Dunaway. Lui : Robert De Niro. Ils étaient beaux, paraissaient insubmersibles. Emmanuelle tenait une cigarette dans sa main droite et souriait, sûre de son bonheur. Lui semblait plus fuyant et ne fixait pas le photographe, mais sans doute était-ce la suite des événements qui accentuait ce sentiment chez Alexandre. Une autre montrait sa mère radieuse lors de l'obtention du concours faisant d'elle une avocate. L'avenir l'attendait. On ne doute de rien dans ces moments-là. Pour un peu, on se croirait immortel. Il y avait encore des clichés d'Emmanuelle enfant, adolescente, avec son frère et ses sœurs, ses parents, l'Emmanuelle d'avant la rencontre avec Patrick Berthet et la naissance d'Alexandre. Des photos qui, observées successivement, racontaient une histoire, une époque.

C'était la fin des années 1980 ou le début des années 1990, mais l'on était encore dans les films de Claude Sautet des années 1970. Des cendriers trônaient sur les tables encombrées de verres à whisky, de flûtes à champagne, de bouteilles de vin. On devinait des villas louées pour les vacances, des maisons de famille, des amis. Les adultes posaient devant des voitures ou sur des scooters. Avec ses yeux bleus et son sourire conquérant, les cheveux mi-longs, coiffés en arrière et légèrement bouclés, oncle Jacques possédait une allure de *latin lover*. Tante Françoise prenait des poses, papy François jouait au patriarche dynamique et autoritaire qu'il était sous le regard énamouré de sa femme Louise. Alexandre revoyait aussi des visages d'enfants : le sien, ceux des cousins et cousines. Toute cette innocence que l'on ne soupçonnait pas. Ce n'était pas seulement de la nostalgie – nostalgie par procuration car il n'avait pas connu, ou si peu, ces temps-là – qui le tourmentait en songeant à ces photographies, mais quelque chose de plus profond qu'il ne parvenait précisément à nommer et qui était simplement le sentiment de la perte, la peur du néant, le rappel que rien ne dure.

Alexandre n'était pas plus attaché aux autres objets du passé. En grandissant, il s'était débarrassé de ses peluches, de ses jouets, de ses livres d'enfant, autant de témoins gênants et de vestiges d'un bonheur disparu. Lorsque Laurence lui demanda, au moment où il s'installa dans son appartement de location, s'il souhaitait prendre des bijoux ou même des vêtements de sa mère, il répondit qu'elle pouvait conserver ce qu'elle voulait et donner le reste. Un peu plus tard, en aménageant dans l'appartement de sa grand-mère défunte qui désormais lui appartenait, il récupéra simplement la bibliothèque hétéroclite de sa mère, mit en vente son mobilier et se tourna vers sa tante Françoise, antiquaire, pour meubler les cent cinquante mètres carrés.

Aucune quête de table rase ou de désir illusoire de tourner le dos au passé ne l'animait, juste la volonté de tracer sa propre route sans être trop encombré de choses qui ne lui appartenaient pas ou plus. Comme les photos conservées dans la boîte à chaussures, cet héritage matériel et immatériel existait sans qu'il ait besoin de le consulter ou de l'avoir en permanence à ses côtés. À ces photos de famille répondaient, tel un miroir inversé, les propres travaux photographiques d'Alexandre qui récusaient visages et présences humaines sinon de dos ou bien via de vagues silhouettes, telle celle d'un ecclésiastique portant soutane et se déplaçant sur une trottinette électrique au petit matin dans la rue de Rémusat, ou celle d'une femme corpulente penchée pour ramasser la crotte de son bulldog à la mine patibulaire. Utilisant principalement le noir et blanc, il photographiait des paysages urbains, plus rarement des friches industrielles.

La ville offrait un champ de motifs et d'inspiration inépuisables. Il aimait ses espaces vides le dimanche ou les jours fériés vers huit heures du matin. Des canards du Jardin des plantes se promenant en colonnes (les parents devant, les petits à la suite) aux étals des marchés en plein air, des façades Art Déco aux sculptures ornant des devantures d'hôtels particuliers, des perspectives autour de la basilique Saint-Sernin à celles des ponts sur la Garonne : toute cette beauté que l'on ne prenait plus la peine d'observer ou de chercher le ravissait.

D'autres scènes ou instantanés de la vie ordinaire le stimulaient également. Un dimanche matin de novembre, dans une rue Alsace-Lorraine battue par la pluie, il immortalisa une course à pied d'individus habillés en père Noël, la manifestation étant censée mobiliser les dons de la population en faveur de la lutte contre une maladie génétique. Une série de clichés avait compilé les avertissements et injonctions s'affichant dans les stations ou rames de métros, dans les bus, dans les trains, sur certaines places et autres espaces publics. Les conseils sur le bon usage de la téléphonie mobile et de ses éventuels dérivés musicaux, le transport de vélos pliables ou de trottinettes, la prévention et la lutte contre le harcèlement sexuel, les interdictions de fumer, les interdictions de se baigner dans les fontaines publiques ou de boire leur eau, les règles quant à la gestion des déchets et les exigences du recyclage dessinaient sous un angle, certes restreint mais révélateur, l'un des visages du temps où nous étions. Tout était possible, mais rien n'était permis.

La légèreté, le pas de côté, l'ironie discrète, le goût de la fantaisie guidaient le regard d'Alexandre. Ses modèles ne se trouvaient pas tellement du côté des photographes reconnus – même s'il appréciait beaucoup Robert Doisneau, Willy Ronis, Jean Dieuzaide ou Germaine Chaumel –, mais dans les chansons de Charles Trenet, les films de Jacques Tati, les dessins de

Jean-Jacques Sempé ou les romans de Bernard Chapuis et de Jean Rolin. Bien sûr, il ne se comparait pas à ces artistes et d'ailleurs leur influence était si diffuse qu'elle en devenait imperceptible. Pour autant, leurs œuvres respectives le motivaient, le rassuraient, l'accompagnaient comme des ombres tutélaires et bienveillantes, fidèles à d'autres ombres à jamais.

Piéton invétéré, il se promenait avec son appareil autour du cou, pratique que seuls de très rares touristes perpétuaient encore à l'heure des smartphones. Il fallait marcher, longtemps, au hasard et souvent, le nez en l'air, les oreilles tendues et l'œil à l'affût pour saisir une vue, un détail, une situation intéressante ou parfois rien du tout. Des pauses aux terrasses des cafés dispensaient des respirations à ces séances. L'appareil rangé dans son sac, il observait des profils, aimait imaginer des vies derrière les visages et les postures. Il repérait les habitués, les clients de passage, les désœuvrés. Certaines conversations valaient le détour, notamment sur la terrasse du *Crystal*, place Jeanne d'Arc, où il s'arrêtait souvent. L'autre matin, il avait entendu les propos qu'une jeune Maghrébine, à laquelle il aurait donné dix-huit ou dix-neuf ans, adressait à un garçon de son âge, noir pour sa part, qui se contentait de temps à autre de la relancer par une brève question. Elle venait d'Algérie, déplorait dans un français parfait et sans accent le faible niveau de l'enseignement là-bas, l'absence de perspectives que le pays offrait à sa jeunesse, le manque de liberté. Visiblement, son arrivée dans l'Hexagone était très récente, du moins la jeune fille n'était guère habituée à se rendre dans des cafés car elle demandait à son ami comment il fallait procéder pour régler l'addition. Laisser l'argent sur la table ? Payer à l'intérieur ? Appeler le serveur ? Le garçon la rassura en lui affirmant que toutes ces options étaient possibles. Alexandre fut touché par le mélange de maturité et de candeur de cette jeune fille, s'exprimant dans un langage châtié et qui semblait sortir d'un conte. Il lui souhaita en silence que la ville et la France qu'elle découvrait tiennent leurs promesses.

S'il avait mieux observé son profil plutôt que d'écouter ses mots, il se serait rendu compte qu'elle eût été un beau modèle, mais à ce jour il ne dérogeait pas à sa règle : pas de visages, pas d'êtres humains sur ses photos. Ce qui ne l'empêchait pas d'apprécier le défilé des passants, le ballet incessant des piétons. Les inconnus dans la ville formaient une aimable confrérie, des présences rassurantes dont certaines, croisées et recroisées régulièrement au fil du temps, étaient devenues presque familières sans qu'aucun mot ait jamais été échangé avec elles.

Alexandre aimait les rues et les quartiers où il était né et avait toujours vécu tout en éprouvant un léger sentiment de culpabilité en raison de « l'œuvre » de son grand-père. Promoteur immobilier à la réussite exponentielle, il avait copieusement enlaidi la ville d'immeubles censés être haut de gamme, mais qui vieillirent bien vite, et ses banlieues de cages à lapins destinées aux pauvres ou aux classes moyennes tandis que lui et ceux de son milieu préféraient vivre et investir dans de vieilles demeures de maître ou des hôtels particuliers. Les maires successifs et d'autres responsables adoubèrent l'entreprise de François Rives. En échange de l'obtention de juteux marchés publics, il garnit les caisses de leurs partis politiques ou leurs comptes privés. C'était l'après-guerre et les Trente Glorieuses. Il fallait reconstruire, construire, accompagner et alimenter la stupéfiante croissance économique. Dans tous les domaines, de l'agriculture à l'énergie, du commerce de bouche à l'industrie des loisirs, de l'automobile en passant donc par l'immobilier, on procédait à une gigantesque mutation dénuée du moindre doute ou scrupule car enivrée par l'optimisme et la foi en l'avenir qui irriguaient ces temps-là. On bâtissait, on détruisait, on consommait. Le progrès faisait rage, pour le meilleur et pour le pire.

Afin de tuer le temps, et surtout d'atténuer la tension et l'angoisse qui le taraudaient avant le rendez-vous avec son père, Alexandre s'était penché sur certaines de ses photographies rassemblées dans des chemises cartonnées. Sans complaisance, il en voyait les défauts, les manques, cette distance, cette froideur parfois, que tout en lui pourtant contredisait. Il redécouvrit des clichés oubliés, à l'instar de celui d'un chat entièrement roux, assis sur ses pattes arrière à une grande fenêtre ouverte d'un appartement de la rue Raymond IV. À la place des yeux, des petites cicatrices en forme de X témoignaient d'un affrontement avec un autre animal ou plus sûrement d'une maladie. Privé de vision, ce chat émouvant semblait pourtant apprécier de prendre l'air et d'entendre les bruits de la rue. Pris en très légère contre-plongée, le portrait dégageait une surprenante sérénité. Semblable à celle qui peu à peu habitait Alexandre à l'approche du dîner.

Il sourit en découvrant qu'il était déjà vingt heures. La sérénité laissa place à la curiosité. Qu'est-ce que Patrick Berthet avait à lui dire ? Pourquoi ce revenant, ce survivant, cet invité-surprise refaisait-il surface ? À quoi bon ?

Chapitre IV

Moins de cinq cents mètres séparaient le domicile d'Alexandre de la brasserie *Le Bibent* sur la place du Capitole. Il croisa des couples ou des groupes de jeunes gens qui, eux aussi, s'apprêtaient sans doute à dîner ou à rejoindre des amis. La vie dans son ordinaire. En apercevant Alexandre, marchant d'un pas sûr et affichant un air détaché, personne n'aurait pu imaginer le rendez-vous auquel il se rendait. Après avoir poussé la porte de la brasserie, le jeune homme se dirigea vers la salle de gauche, uniquement occupée par des couples ou par de vastes tablées, à l'exception d'une femme dînant seule. Un serveur se présenta. Alexandre s'en libéra par un « Je cherche un ami, merci » puis fit demi-tour vers l'autre salle à peu près déserte sur laquelle un regard panoramique le renseigna immédiatement. Sur la banquette du fond, un homme assis à une table pour deux était penché sur son téléphone.

Alexandre s'avança et l'homme, délaissant l'appareil, l'aperçut. Ce dernier se leva, se faufila à droite de la table et sans la moindre hésitation donna l'accolade ainsi qu'une paire de bises à son fils. De son côté, Alexandre était à peu près sûr d'avoir reconnu cet homme portant un polo noir sous une veste noire. Indubitablement, il ressemblait aux photographies de ses jeunes années et aux minces souvenirs d'Alexandre. Pas très grand, mais mince, il offrait avec ses cheveux bruns courts et encore fournis une allure plus juvénile que les cinquante-trois ans de son état civil.

— Ça me fait plaisir, assieds-toi, assieds-toi, dit le père avec l'autorité naturelle d'un père.

À peine Alexandre fut-il assis qu'une serveuse déposa deux cartes en proposant un apéritif.

— On prendra une bouteille de vin. Tu bois du vin ? On verra avec la commande, décida le père.

— Pas de souci, répondit la petite blonde avant de s'éclipser.

— Bon sang, ça me fait plaisir, répéta Patrick Berthet. Merci d'être venu. Cela faisait tellement longtemps que je voulais te voir et puis, comme je devais venir ici, je me suis dit que c'était l'occasion idéale. Regarde la carte, prends ce qui te plaît. Tout a l'air bon. Oh, dis donc, des pieds de porc ! Et il y a des encornets en entrée. Le cassoulet doit être fameux...

Patrick Berthet ressemblait à un touriste satisfait de son choix, ce qu'il était peut-être au fond. Il continua à commenter la carte, s'extasia sur celle des vins et relança ce fils qui n'avait pas encore dit un mot.

— Comment va ta vie ?

— Aussi bien que possible, répondit Alexandre qui n'eut pas le loisir de développer car la serveuse était de retour.

Les deux hommes commandèrent entrées et plats, Patrick opta pour un cahors rouge de Fabien Jouves et s'adressa à la serveuse en fronçant les sourcils.

— Dites donc, on ne se connaît pas ? Votre visage me dit quelque chose.

— Non, je ne crois pas monsieur.

— Pourtant, je suis sûr de vous avoir déjà vue..., poursuivit-il en réfléchissant avant de s'exclamer dans un sourire radieux : mais si ! Il y a dix minutes quand vous avez apporté les cartes !

La jeune femme gloussa et disposa.

Son père draguait la serveuse. Alexandre assistait à la scène, partagé entre l'effarement et une légère honte.

— Tu vois, dans la vie, il faut être positif. Un sourire, une petite blague : cela peut illuminer la journée d'une personne. Ça ne coûte rien, mais ça apporte un peu de bonheur. Plaisir d'offrir, joie de recevoir...

Un pauvre type. Un beauf fier de sa « philosophie » à deux balles, songea Alexandre qui commença à regretter d'avoir accepté le dîner. Alors, il se lança.

— Tu ne trouves pas ce rendez-vous, nos retrouvailles, étranges, saugrenues, surréalistes ?

— Oui, un peu, bien sûr. Mais le temps passe – *tempus fugit* – et je crois que le moment était venu de renouer les liens ou d'essayer. Rien ne se passe jamais vraiment comme prévu dans la vie, il y a des cycles, des pleins et des déliés…

Un serveur vint interrompre les fortes pensées de Patrick Berthet afin de faire goûter le vin. Après avoir fait tourner les quelques centilitres versés dans le verre, humé le breuvage et en avoir absorbé une lampée en la faisant circuler sous le palais comme une lotion dentaire, l'apparent spécialiste donna son aval. Lassé par ces manières et ces phrases creuses ponctuées de latin, Alexandre alla droit au but.

— Qu'as-tu fait pendant toutes ces années ?

— Des affaires. Des tas de choses. Tu sais, ça va ça vient. Il y a des hauts et des bas. Faut s'adapter, anticiper, sentir les bons coups, les tendances…

Les lieux communs s'enchaînaient naturellement. L'un entraînait l'autre comme des dominos. Dans la bouche de Patrick, le « business » ou le « biz » devenait une sorte d'abstraction, de totem magique. Le terme « concept » était également récurrent. Les entrées arrivèrent. À grands coups de fourchette dans ses pieds de porc désossés et de verres de cahors, Patrick Berthet développait.

— Puis, j'ai pas mal bourlingué, j'ai voyagé. C'est pour cela aussi que je n'ai pas été là. J'ai vécu aux States, côte Ouest, au Brésil, pas mal au Portugal et en Espagne ces dernières années… En Asie aussi au moment du boom de la bulle internet.

— Concrètement, tu bossais dans quel domaine ? Tu faisais quoi ?

— De l'import-export, de la création de sociétés, des placements financiers. J'ai travaillé dans l'informatique, l'alimentaire, l'événementiel…

Tout cela évoquait le propos d'un mythomane jonglant avec le flou et le farfelu. De prime abord, les mots et les situations avaient un sens, mais ils ne disaient rien, ne désignaient rien. Cet homme parlait d'une vie qui ne semblait pas être la sienne et dans laquelle il se serait égaré par hasard. Sans se départir de son assurance, l'entrepreneur continuait.

— Au fil des années, tu te fais un carnet d'adresses, des relations. Ça roule presque tout seul, un projet en provoque un autre. Seulement, faut bouger, surtout pas s'endormir sur ses lauriers. Sinon, t'es dépassé…

Cette dernière expression laissa Alexandre dubitatif. Des lauriers, il n'en devinait pas beaucoup. On était loin de la couronne de César.

— Et maintenant ?

— Le biz, toujours le biz. J'ai des pistes et des rendez-vous ici pour des projets, en particulier avec un gros investisseur potentiel, une grosse, très grosse fortune…

Deux épaules d'agneau confites interrompirent l'exposé de perspectives aussi mirifiques que douteuses.

— Au fait, comment as-tu obtenu mon téléphone ?

— À ton boulot, enfin par le site sur lequel tu écris. Je les ai appelés.

— Ah bon ? Tu leur as dit : « Je suis le père d'Alexandre, je n'ai pas son numéro de téléphone, pouvez-vous me le donner ? »

— Pas vraiment, lâcha Patrick dans un petit sourire ménageant son effet.

— Et donc ?

— J'ai dit que j'étais ton banquier, que l'on ne retrouvait plus ton numéro et qu'il fallait que je te parle urgemment à propos d'un problème sur l'un de tes comptes. Et hop ! Imparable le coup du banquier, crois-moi, dit-il en enfournant goulûment un morceau d'agneau.

Alexandre n'en croyait pas ses yeux, enfin ses oreilles.

— Peu importe le *modus vivendi*, le principal c'est que l'on ait pu se parler.

De quoi avaient-ils parlé ? De rien. De vent. De détails presque sans importance. Alexandre apprit que son père logeait depuis deux jours dans un hôtel de la rue de Rémusat non loin de là où ils dînaient, qu'il ne savait pas combien de temps il resterait dans la ville, qu'il espérait qu'ils se reverraient vite. Pour sa part, Alexandre exposa succinctement sa situation professionnelle et mentionna l'appartement où il vivait.

— Je m'en souviens, tes grands-parents y vécurent un an ou deux avant de s'installer ailleurs car ils se sentaient à l'étroit, commenta-t-il avec un léger voile sur les yeux. C'est bien, c'est bien pour toi, tu es près de tout et à l'aise, avec de la surface…

Il leva le bras droit, héla la serveuse en faisant une signature dans l'air – langage universel pour réclamer l'addition, qui arriva peu après sur la table. La jeune fille demanda s'ils faisaient « moit-moit ». Patrick regarda son fils en attendant sa réponse, mais se reprenant aussitôt, il annonça : « C'est pour moi, bien sûr. » Découvrant le montant de la note, ses sourcils se levèrent. Cent quatre-vingt-quatorze euros pour deux plats, deux entrées, une bouteille d'eau, une bouteille de vin et deux cafés. Certains établissements de province avaient adopté des tarifs à faire rougir les brasseries parisiennes.

Les deux hommes se dirigèrent vers la sortie, salués par chaque serveur ou serveuse croisé, dont celle à laquelle Patrick Berthet avait offert selon lui un instant de bonheur. Il lui adressa un clin d'œil, elle lui répondit par un grand sourire. Devant *Le Bibent* vint le moment de se séparer. Patrick serra la main de son fils avant de l'embrasser sur les joues en lui promettant qu'il lui donnerait sous peu des nouvelles et qu'ils « remettraient ça ». Alexandre le regarda traverser la place du Capitole et se diriger vers son hôtel. Un soulagement mêlé de tristesse sans fond l'habitait. Voilà, l'épreuve était passée. Cela n'avait été ni « bien » ni « mal ». Juste sans intérêt.

Au final, Alexandre aurait préféré du mélodrame, des larmes, des disputes, des reproches, des révélations, des regrets ou des confessions déchirantes. Son père était simplement ordinaire, un peu con sur les bords. Une anguille que l'on ne pouvait saisir. À quoi s'attendait-il d'ailleurs ? À rien, c'est-à-dire à tout. Il s'engagea dans la rue Saint-Rome qui commençait à être investie par de jeunes fêtards se rendant, vers Esquirol ou vers le Capitole, aux endroits qui animaient la vie nocturne. Il était un peu plus de vingt-trois heures, le moment où la nuit, manteau des déracinés et des gens pleins d'espoir, reprend ses droits. Dans quelques minutes, Alexandre serait chez lui. Oscar se frotterait contre ses jambes puis le suivrait dans sa chambre où, après s'être fait caresser, il s'endormirait sur le lit de son maître.

Chapitre V

La nuit suivant le dîner avec son père, Alexandre rêva de sa défunte mère. Du moins ce furent des scènes où elle apparaissait qui subsistèrent au réveil. Dans le rêve, Emmanuelle semblait avoir l'âge qui fut le sien au moment de sa disparition tandis qu'Alexandre affichait ses vingt-six ans. Il ne se souvenait plus des motifs du songe sinon qu'il se disputait avec sa mère, qu'il la morigénait jusqu'à avoir le dernier mot. Quand il se réveilla, le jeune homme sentit des larmes couler. La peine et la culpabilité suscitées par une querelle qui n'avait jamais eu lieu dans la vraie vie se révélaient d'une étrange prégnance. Il chassa ses idées grises par une douche et deux cafés avant d'ouvrir la fenêtre de la cuisine afin qu'Oscar se dégourdisse dans le patio.

Des images, bien réelles, de la soirée avec son père refirent surface. Le numéro avec la serveuse, les monologues donnant une nouvelle illustration de l'expression « parler pour ne rien dire » : tout cela paraissait plus irréel que ce rêve nauséeux ayant ressuscité Emmanuelle. Qu'aurait-elle pensé de ces étranges retrouvailles ? Pourquoi Patrick Berthet avait-il fait irruption dans la vie de son fils ? Existait-il une rédemption pour l'abandon ? Au final, malgré la déception provoquée par la rencontre, Alexandre se sentait satisfait d'avoir surmonté ce moment, comme après un examen écrit ou un oral que l'on redoutait et au bout duquel on récolterait la moyenne, voire un peu plus.

Il n'avait pas encore prévenu son oncle ni ses tantes du retour inattendu de Patrick Berthet. Tout était allé si vite. Il le ferait bien sûr, mais ce non-événement ne méritait aucune précipitation. Nul travail urgent ne le mobilisant du côté de *L'Essentiel de la culture*, Alexandre profita de la fin de semaine pour flâner en ville, lire sur la terrasse du *Café des Artistes* ou sur un banc du Jardin des plantes, faire un tour chez le nouveau caviste de la rue Peyrolières. Il aimait cette ville. Un peu plus d'un quart de siècle ne comptait pas pour rien dans une relation, surtout lorsqu'une part de ces années concerne l'enfance et l'adolescence. Des murs, des rues, des magasins, des places charriaient des morceaux d'existence partagée, des souvenirs, des voix, des visages, des premières fois. Du temps fragmenté lorgnant sur l'éternel. La permanence des lieux rassurait Alexandre, lui donnait le sentiment que des choses ne s'en allaient pas, ne changeaient jamais. Or, la ville bougeait.

Les villes bougent toujours, même si l'on n'en distingue pas forcément leurs mouvements presque imperceptibles. Certes, les grands travaux et d'autres aménagements un peu moins spectaculaires n'échappent pas aux regards.

En ce printemps 2017, les chantiers de la troisième ligne de métro avaient débuté, ce qui provoquait l'orgueil des édiles. La province cultive des fiertés minuscules qui la consolent de n'être pas Paris. « La ville où il fait bon vivre » et autres titres promouvant les personnalités locales en vue, la bonne santé du marché de l'immobilier ou les entreprises innovantes faisaient, deux à trois fois l'an, les unes d'hebdomadaires nationaux vantant dans des éditions spéciales les vertus et mérites des grandes métropoles de l'Hexagone. Celles-ci ressemblent à ces chats qui dressent leur queue démesurément gonflée, font le gros dos et se déplacent tout à coup en biais de façon à occuper l'espace et à impressionner l'hypothétique adversaire. Alexandre avait observé ce stratagème chez Oscar, tactique évoquée en son temps par La Fontaine avec la fable de la grenouille voulant être aussi grosse que le bœuf.

Cependant, les véritables mutations – celles qui témoignent d'un changement de vie, d'habitudes, de comportements – sont plus discrètes que les couvertures flatteuses de la presse écrite et les grands travaux. D'ailleurs, on ne les aperçoit que bien plus tard. La disparition des cabines téléphoniques et des bottins, l'apparition des pistes cyclables, l'implantation des conteneurs de récupération de verre, le développement des rues piétonnes et la place réduite réservée aux automobiles qui en découle : voilà qui en dit beaucoup sur le cœur d'une cité et ses battements.

Alexandre avait le privilège d'habiter dans l'une des rues de ce que l'on nommait « l'hyper centre », périmètre quasi exclusivement occupé par les riches, les commerçants et des étudiants en colocation. Sa petite rue ombragée, qui se terminait par un cul-de-sac interdisant la circulation automobile sauf lorsque les riverains utilisaient leur garage, possédait un air de village avec ses échoppes variées – cordonnier, galerie d'art, restaurant marocain, salon de thé… – qui résistaient à l'uniformisation des enseignes et de la marchandise que les vastes rues commerçantes offraient au grand public. C'était l'un de ces quartiers bourgeois conservant les atours d'une beauté très ancienne.

En ce vendredi du mois d'avril, la ville avait des grâces de printemps, le soleil était tout neuf. Difficile de ne pas accepter l'invitation de Louis à prendre un apéro, ou plus, sur la terrasse de *La Poignée de raisins* place Dupuy. Arnaud aussi serait de la partie. Alexandre et Louis s'étaient connus en première année de l'Institut d'études politiques. Les quatre suivantes, ils ne s'étaient pas quittés et c'est sur d'autres bancs, ceux de *La Faluche*, un café tenu par un Auvergnat baptisé Bob, qu'ils se lièrent avec Arnaud, étudiant à la faculté de droit voisine. Après avoir été avocat stagiaire, ce dernier fut embauché dans un grand cabinet, spécialisé dans le droit des affaires, au sein duquel il s'ennuyait fermement sans en laisser rien paraître. Arnaud aimait avec ferveur la littérature, la corrida, le cinéma, le football et les nuits dans les bars ou les boîtes. Autant de passions qu'il ne pouvait guère partager dans son milieu professionnel à l'exception du football auprès de son patron, maître Witt, mais ce dernier supportait le PSG quand Arnaud ne jurait que par l'OM.

Quant à Louis, aux deux années de bohème et de voyages ayant suivi son cursus à l'IEP succéda un oukase parental : soit il prenait la direction d'un hôtel que sa famille possédait non loin du marché Victor-Hugo, soit on lui coupait les vivres et il trouvait une activité satisfaisant ses besoins. Par facilité, il choisit l'hôtel, situation qui ne manquait pas d'ironie. Lui qui aimait tant les pays exotiques et séjourner dans des hôtels à l'étranger était désormais un sédentaire chargé d'accueillir les voyageurs. Ce n'était pas la seule singularité de Louis. Issu d'une vieille lignée de la noblesse de France, il portait la particule sans ostentation. Comme le choix de son prénom pouvait le suggérer, il était né dans une famille monarchiste dont il n'avait pas seulement hérité d'un hôtel, mais aussi de convictions. Le port d'une chevalière fleurdelysée et, à l'occasion, de boutons de manchettes ou d'une cravate arborant la même fleur de lys, en attestaient discrètement. Chaque 21 janvier, autour de 10 h 21, anniversaire de la mort de Louis XVI sur l'échafaud, il allait se recueillir à la basilique Saint-Sernin.

Avec sa grande taille, ses longs cheveux de romantique de la fin du XIXe siècle et ses idées, il n'était pas passé inaperçu au sein de l'IEP. Auprès des étudiants de droit et de l'Institut, il tenta sans succès de réveiller des cercles royalistes moribonds et fut approché par des militants identitaires auprès desquels le Front national ressemblait à un parti social-démocrate nordique. Dans ce marigot où des païens néonazis croisaient des ultracatholiques intégristes, on comprit vite qu'il n'était pas des leurs. Sa rêverie royaliste ne le portait à aucune complaisance envers le racisme ni le fanatisme. En outre, sa famille avait payé le prix du sang et des larmes durant les années terribles en envoyant deux des siens – le grand-père paternel et le frère de celui-ci fusillé par les Allemands – au maquis, ainsi qu'en cachant des Juifs et des résistants dans leur château de Saint-Jory. Chez les De Montesquiou, on ne confondait pas le trône et l'autel avec la croix gammée ou celtique. Au final, Louis se disait monarchiste surtout pour choquer les bien-pensants. Son royalisme se mêlait au drapeau noir des copains d'abord.

Les trois copains justement se retrouvèrent sur la terrasse de la cave-restaurant de la place Dupuy peu après dix-neuf heures. Une bouteille de muscadet servit de préambule à un défilé de petits plats concoctés par l'excellente cuisinière de *La Poignée de raisins* et arrosés par deux bouteilles de vin rouge, l'une d'Ardèche et l'autre d'Auvergne, proposées par le patron des lieux. Sans surprise, la conversation aborda le premier tour de l'élection présidentielle qui aurait lieu dans un peu plus de deux semaines. Louis réitéra sa volonté de voter en faveur d'Emmanuel Macron, principalement en raison d'une interview du candidat, alors ministre de François Hollande, qui avait déclaré que le pouvoir n'avait pas été incarné aux yeux des Français depuis la mort de Louis XVI à l'exception de l'intermède ayant vu le général de Gaulle diriger le pays. De son côté, Arnaud hésitait entre François Fillon et Emmanuel Macron – ce qui lui valut de sévères remontrances de la part de Louis – tandis qu'Alexandre, qui s'en fichait globalement, voterait pour Macron afin d'emmerder la droite et la gauche, ou plus précisément François Fillon et Benoît Hamon.

À la table voisine, un couple, à peine plus jeune que le trio, jetait des regards sur Louis dont les tirades exaltées convoquaient à la fois Platon, Guy Debord, Houellebecq, Maurras, Clint Eastwood, Bernanos et *Les Tontons flingueurs* dont le scénario était, à ses yeux, une ode à la monarchie et à la souveraineté nationale. L'aspect grandiose du mélange fit sourire le garçon d'à côté qui déclara en regardant Louis : « Les cons, ça ose tout, c'est même à cela qu'on les reconnaît, disait aussi Michel Audiard. »

— Bravo, Monsieur connaît ses classiques ! rétorqua Louis en se présentant ainsi que ses camarades.

Arnaud proposa à Sonia et Jean-Baptiste de goûter leur bouteille de vin d'Auvergne qui rendait l'âme. La petite assemblée trinqua et ces verres de contact créèrent les conditions propices à des échanges animés rapidement confortés par la tournée de gin tonic offerte par le patron de l'établissement. Grâce à sa force de persuasion et à la sympathie qu'il suscitait, Louis convainquit le couple, pourtant des adeptes de Jean-Luc Mélenchon, d'entonner avec lui un vieux chant royaliste dont les paroles – « Et vive le roi, à bas la République ! Et vive le roi, la gueuse on la pendra ! » – pouvaient heurter les âmes sensibles. Par œcuménisme et reconnaissance, il lança dans la foulée une *Internationale* reprise quelques tables plus loin. Vers une heure du matin, les amis d'un soir se séparèrent en se promettant de se revoir à *La Poignée de raisins*. Arnaud, affaibli par les deux autres tournées de gin tonic qu'il avait commandées, prit un vélo en libre-service pour rejoindre son appartement de la rue des Lois en zigzaguant sur les trottoirs tandis que Louis se dirigea vers son hôtel d'un bon pas après avoir quitté Alexandre devant le musée des Augustins.

« On boit ensemble, mais on est saoul tout seul », se dit celui-ci sans se souvenir où il avait lu cette phrase. En réalité, Alexandre n'était pas réellement seul. Une présence invisible, au-dessus de son épaule, derrière son dos, partout dans la ville, ne le quittait pas depuis deux jours. Avant de se coucher, il consulta son téléphone qui n'affichait aucun nouveau message.

Vin et gin obligent, le samedi se déroula au ralenti avec la préparation d'une interview d'un directeur de théâtre et la fin de la lecture d'un roman de Raffaele La Cripia.

Le soir, il cuisina des pâtes à la carbonara puis s'endormit devant l'énième rediffusion d'un épisode de *Columbo* dont l'issue ne faisait pas de doute. Le chafouin inspecteur à l'imper démasquerait le coupable. C'est un SMS de Louis qui sortit Alexandre de sa torpeur le dimanche à onze heures. Rendez-vous était fixé au marché Victor-Hugo pour déguster quelques huîtres et des ballons de vin blanc sur l'une des terrasses extérieures.

— Rien de tel pour remettre le facteur à vélo ! trancha Louis en gobant une huître.

La nuit avait été courte, confia-t-il, mais on la devinait fructueuse au regard de la bonne humeur affichée.

— Et toi, quoi de neuf depuis vendredi soir ?

— Rien, j'ai un peu comaté hier et je me suis couché tôt.

— Hum, tu couves quelque chose ou tu me caches quelque chose ?

— Ni l'un ni l'autre. Je crois que je récupère moins bien qu'avant des soirées arrosées...

Alexandre mentait mal, mais Louis n'insista pas et remit à niveau le verre de son ami en assénant l'une de ses maximes de prédilection : « Il faut caresser le chien qui t'a mordu la veille, ou l'avant-veille en l'occurrence... »

Une ancienne camarade de l'IEP, Julie, aperçut les deux garçons et vint les saluer. Louis l'invita à s'asseoir auprès d'eux et commanda une seconde bouteille. Les ex-étudiants échangèrent des nouvelles de certains de leurs condisciples et Julie – qui travaillait au cabinet du maire – leur fit part de quelques piquantes anecdotes sur fond d'élection présidentielle et de législatives à venir. D'autres huîtres et des saucisses grillées firent durer la discussion. La jeune femme annula d'un SMS le brunch auquel elle devait se rendre et proposa d'achever la collation dans un restaurant voisin réputé pour ses volailles et ses viandes. Alexandre en profita pour s'éclipser, prétextant un article à écrire pour le lendemain.

Seul Oscar l'attendait et le reste de la journée fila en compagnie de la deuxième saison de *True Detective* qu'il revit avec un plaisir intact et légèrement coupable. Le lendemain, il faudrait se remettre sérieusement au travail et ne pas se laisser porter par cette douceur émolliente qu'il avait toujours réussi à tenir à l'écart. Alexandre ne voulait pas devenir le rentier qu'il pouvait être. Le lundi ne démentit pas ces bonnes résolutions, des rapides pauses pour déjeuner et dîner lui permirent de boucler la rédaction de deux articles et de finaliser l'interview prévue le lendemain. Il s'apprêtait à se coucher quand, peu avant vingt-trois heures trente, la sonnerie de la porte d'entrée retentit. Deux coups brefs suivis d'un troisième. Alexandre décrocha l'interphone.

— C'est moi, ton père.

Chapitre VI

— J'ai un problème…, poursuivit Patrick Berthet.

— Je t'ouvre, premier étage.

En poussant la lourde porte d'entrée, Alexandre entendit les pas de son père dans l'escalier en bois avant de l'apercevoir soulevant une valise. Arrivé devant le pallier de l'appartement, il exposa son « problème ». Le soir même, après avoir dîné au *Bibent* puis pris un verre avec Marlène, « tu sais, la petite serveuse de l'autre soir », qui terminait son service, il avait été accosté au début de la rue de Rémusat, à quelques pas de son hôtel, par deux jeunes portant joggings, casquettes et capuches – « des racailles, tu vois » – qui lui avaient volé son portefeuille sous la menace de couteaux. À l'hôtel, il rendit compte de sa situation et l'employé de garde lui permit de prendre quelques affaires contre la promesse de régler rapidement les nuits qu'il devait. Patrick le rassura et, comme témoignage de sa bonne foi, avait laissé en guise de « caution » une valise pleine de vêtements et son smartphone.

— Donc, je n'avais plus que toi vers qui me tourner et, Dieu merci, tu es là. Si tu peux m'héberger une nuit ou deux, cela me donnera le temps de sortir de cette panade. Je n'ai pas un kopeck, plus de CB, mon téléphone est à l'hôtel...

— OK, entre, entre...

Alexandre demanda à son père s'il voulait boire quelque chose, proposition aussitôt approuvée.

— Je t'avoue que je prendrais volontiers un petit remontant, une boisson d'homme si tu as. Whisky, vodka, quelque chose de fort...

Seule une bouteille d'armagnac pouvait faire office de remontant dans ces circonstances, étant entendu que le vin n'entrait pas apparemment dans les « boissons d'homme » évoquées par son père. Un premier verre donna l'énergie à la victime du braquage urbain de contacter sa banque via le téléphone d'Alexandre et de faire opposition sur la carte auprès de répondeurs automatisés. La précaution prise, assis sur le canapé du salon, Patrick Berthet demanda s'il pouvait fumer – « Au moins, ils n'ont pas pris mes clopes » – et Alexandre alla chercher un cendrier dans la cuisine.

— Dis donc, si ce n'est pas abuser, j'en prendrais bien une goutte de plus, dit le père en brandissant son verre vide.

Alexandre revint avec la bouteille qu'il posa sur la table basse.

— Quelle histoire ! C'est dingue ! On ne peut plus se promener tranquillement. Personne n'est à l'abri, commenta Patrick comme pour justifier la dose d'armagnac destinée à le rasséréner.

— Tu peux prendre la chambre d'amis, la première porte à gauche après le couloir, précisa Alexandre. La salle de bains est au fond du couloir, les toilettes à droite…

— Et merci encore, tu me sauves la vie, fils. Si je ne t'avais pas eu, j'étais perdu. Un clochard… Heureusement que tu m'as dit l'autre soir où tu habitais. Tu ne veux pas boire un verre avec moi ?

— Non, j'allais me coucher.

— Mais bien sûr, je ne veux pas t'embêter. Fais ce que tu as à faire. Dis donc qui c'est celui-là ? poursuivit-il en désignant Oscar attiré dans le salon par la présence du nouveau venu.

Les présentations faites, Oscar s'approcha de Patrick qui le prit dans ses bras, familiarité que le félin ne tolérait de personne, pas même de son maître. Pourtant, le chat se laissa prendre et caresser en montrant même sa satisfaction par un ronronnement ostentatoire.

— Dis-moi, demain matin je vais passer à l'hôtel pour récupérer mon téléphone et mon autre valise. Tu pourrais m'avancer du cash, j'ai trois nuits à payer…

— Je vais te laisser ma carte bancaire avec le code ou bien un chèque que je signe…

— La carte, c'est plus simple. Et comme ça, si tu le permets, je me retire cinquante euros pour acheter des cigarettes, boire un café… Je n'ai plus un flèche sur moi.

Alexandre déposa sa carte avec le code noté sur un post-it dans le vide poche situé à côté de la porte d'entrée et annonça qu'il allait se coucher.

— Moi aussi, je ne vais pas faire de vieux os. Je finis mon verre de « gnac » et dodo. Viens là que je t'embrasse, je t'en dois une…

Alexandre céda aux bises paternelles et rejoignit sa chambre un brin groggy, tel un boxeur ayant encaissé des coups impossibles à esquiver. Quelques minutes plus tard, Patrick Berthet se coucha à son tour suivi par Oscar. Réveillé à sept heures, Alexandre lut un peu au lit en buvant un café, se doucha, reprit un café puis quitta l'appartement juste avant neuf heures. Pas un bruit du côté de la chambre d'amis. En partant, il prit soin de placer un jeu de clés de l'appartement sur la carte bleue. De retour de l'interview d'un théâtreux pontifiant à onze heures, le jeune homme constata que son père n'était pas là. Deux heures plus tard, alors qu'Alexandre mangeait une omelette en retranscrivant l'entretien du matin sur son ordinateur, un bruit dans la serrure annonça l'arrivée de Patrick Berthet. Oscar se précipita pour l'accueillir. Posant dans l'entrée la valise qu'il avait récupérée, le père rendit la carte bleue à son fils en précisant le montant des opérations : un peu moins de quatre cents euros pour la chambre et deux cents euros pour ses « frais ».

— Ne t'inquiète pas, je te rembourse dès que je reçois ma nouvelle carte. D'ici trois ou quatre jours, m'ont-ils dit à la banque. Jusque-là, cela ne t'ennuie pas si je crèche chez toi ?

— Non, c'est bon pour moi, l'appartement est grand.

— Dis donc, elle a l'air bonne cette omelette. S'il reste des œufs, je m'en ferais bien une petite moi aussi. Toutes ces démarches m'ont creusé l'appétit.

— Attends, je vais…

— Tût tût, continue de travailler, ne t'embête pas, je m'occupe de tout.

Quelques secondes plus tard, des bruits divers provinrent de la cuisine, plus ou moins couverts par l'air du toréador de *Carmen* sifflé par Patrick Berthet. Un autre bruit – chute d'une poêle ? d'une casserole ? – fut accompagné d'un « Et merde ! » auquel succéda le rythme d'œufs que l'on bat. Alexandre tenta de se concentrer sur son interview avant de fermer l'ordinateur et de rejoindre son père dans la cuisine.

— Tout va bien ? Tu as trouvé ce que tu voulais ?

— *No problemo*, des oignons, des lardons… *Perfecto*…, répondit le cuisinier au milieu d'un désordre qui aurait mieux correspondu à un dîner pour quatre qu'à la préparation d'une simple omelette.

L'affamé se jeta sur son assiette en demandant s'il n'y aurait pas « par hasard un p'tit coup de rouge ». Le hasard n'y était pour rien, mais une bouteille de côtes-du-rhône ouverte pour l'occasion suscita un vif enthousiasme.

— Fameux ! Vraiment excellent. Je me ressers si tu n'y vois pas d'inconvénient.

Un troisième verre fut jugé indispensable pour accompagner « un bout de fromage ». « Même sans pain, ça ira… », précisa, magnanime, l'invité. Alexandre prépara et présenta un plateau qui, lui aussi, récolta des louanges appelant un quatrième verre de rouge. À l'instar de la bouteille de vin, le plateau de fromage subit un sévère assaut et Patrick Berthet, apparemment repu, s'étira et prévint qu'une « petite *siesta* » s'imposait maintenant. Pris d'un irrépressible besoin de dormir, le glouton fila dans sa chambre.

— Laisse, je rangerai tout à l'heure… Allez, à plus.

Alexandre débarrassa, rangea et remplit le lave-vaisselle avant de revenir à son interview dont la mise en forme fut enfin achevée à seize heures. Une heure plus tard, Patrick Berthet émergea en bâillant alors que son fils répondait à des mails dans la salle à manger.

— Je vais me faire un p'tit kawa pour relancer la machine, avertit le paternel qui, deux cafés plus tard, se posa dans le canapé du salon en zappant à la télévision jusqu'à fixer son attention sur une chaîne d'information en continu où des braillards échangeaient.

— Ça ne te gêne pas la télé ? Sinon, j'éteins. Tu me dis…

Cela ne gênait pas son fils, du moins pas assez au point de réclamer l'extinction du téléviseur. Il émigra vers sa chambre avec l'ordinateur, laissa un SMS à Arnaud pour l'inviter à prendre un verre en fin de journée au *Père Louis*, écouta un enregistrement public de Chet

Baker. Après dix-neuf heures, il revint au salon où Patrick Berthet faisait toujours face à l'actualité compliquée, mais maintenant avec un verre de vin.

— Je vais boire un verre avec un copain, prévint le fils.

— Pas de problème, je dois sortir aussi, précisa le père sans quitter la télévision des yeux.

— Bon, eh bien à ce soir ou à demain.

— Oui, c'est ça, mon grand, bonne soirée.

Avec Arnaud, ils burent quelques tournées de bière en picorant des assiettes de jambon avant que l'avocat ne propose de rejoindre trois de ses consœurs dans un bar de la place des Carmes. Deux d'entre elles, Aurélie et Constance, avaient sensiblement l'âge des garçons, l'autre, Carole, une dizaine d'années de plus. À leur arrivée, elles sirotaient des mojitos, sans doute pas la première tournée au regard de la gaieté affichée. À son habitude, Arnaud commanda la même chose pour tout le monde. Le quatuor d'avocats se lança dans des conversations professionnelles dont Alexandre se sentit exclu. S'apercevant de leurs mauvaises manières à son égard, Carole prit le soin d'échanger avec celui qui ne comprenait pas le sens d'expressions étranges, telles que « distraction d'objet saisi », tout en leur trouvant, à l'occasion, une sorte de beauté abstraite.

— On arrête, on arrête, promit Arnaud. On ne parle plus de boulot à partir de maintenant !

La soirée se déroula dans une ambiance de gaieté et de légèreté à peine interrompue par la tentative d'intrusion dans le groupe de maître Lafarge, un quadragénaire refusant de vieillir, qu'Aurélie et Arnaud écartèrent tout en finesse et en sourires. Alexandre plaisait à Carole, ce dont il ne s'aperçut pas. Deux heures plus tard, dans la rue des Filatiers, quand Arnaud lui fit remarquer le « béguin » dont témoignait l'avocate à son endroit, son ami fut sincèrement surpris et surtout troublé. Comment, lui qui se piquait d'être un fin observateur des attitudes et des comportements, pouvait-il parfois être à ce point aveugle ? Pour se rassurer, il mit en doute l'intuition d'Arnaud, mais rendit les armes lorsque celui-ci lui fit lire un SMS d'Aurélie, « C'est open avec Carole pour ton copain », accompagné de divers émoticons. De toute façon, Alexandre avait en ce moment une autre personne dans sa vie : Patrick Berthet.

Il s'attendait à le retrouver dans l'appartement – il était plus de vingt-trois heures trente – mais seul Oscar était là, la porte ouverte de la chambre d'amis ne laissait aucun doute sur l'absence paternelle. À minuit, Alexandre se coucha légèrement inquiet. Un fils attendant le retour de son père sorti pour la soirée : le jeune homme ne perçut pas le cocasse de la situation. C'est après une heure du matin qu'il entendit le claquement de la porte d'entrée puis le son de la télévision et enfin celui des toilettes à côté de sa chambre dont il laissait la porte entrouverte afin qu'Oscar puisse nuitamment circuler à son aise de lit en lit, ou de lit en canapé, comme il aimait le faire. Au matin, un cendrier rempli et un verre avec un fond d'armagnac attestaient que Patrick Berthet ne se lèverait pas tôt. Alexandre ouvrit les fenêtres du salon pour chasser l'odeur de tabac froid, se doucha, but deux cafés en lisant un vieux roman de Modiano, lança une machine de linge, consulta ses mails, fit des courses à *Monoprix* et à *L'Épicerie moderne*, passa au pressing récupérer des chemises, lut *L'Équipe* sur la terrasse couverte du *Donjon* et rentra chez lui à midi.

La chambre était toujours close, il étendit le linge, confirma à Olivier – le patron de *L'Essentiel de la culture* – leur déjeuner à treize heures au *Rocher de la Vierge*. Olivier souhaitait qu'Alexandre collabore plus à son site, ils évoquèrent de nouvelles rubriques possibles comme une sorte de chronique régulière sur la ville, ses lieux secrets ou connus, les gens que l'on y croisait, les oscillations spectaculaires ou clandestines entre le passé et le présent qui la traversaient. Le déjeuner achevé, Alexandre acheta un sac de croquettes pour Oscar qui l'accueillit avec des miaulements de satisfaction.

Sur la table de la cuisine, le carton vide d'une pizza signalait que Patrick Berthet avait pour sa part mangé à sa faim tandis qu'une nouvelle bouteille entamée de ce côtes-du-rhône, fort apprécié la veille, indiquait que l'hôte avait aussi étanché sa soif. Visiblement, la cave à vin réfrigérée de la cuisine n'avait plus de secrets pour lui. Alexandre nettoya la cuisine, nota des idées pour sa future chronique et s'assoupit sur le canapé du salon, vite rejoint par le chat. Réveillé par les vibrations de son téléphone, il découvrit un SMS de son père l'avertissant qu'il serait de sortie le soir même pour un « RDV d'affaires », mais celui-ci espérait bien qu'ils seraient en mesure de déjeuner ensemble le lendemain. À la fois désarçonné et satisfait par l'annonce, Alexandre se demanda ce que Patrick Berthet était venu faire dans cette ville et surtout dans sa vie. Depuis deux jours, il hébergeait un fantôme, un feu follet, un locataire, un inconnu. À part dormir, picoler et manger des pizzas, que faisait-il de ses journées ? Et de ses soirées ? Demain, ils auraient une vraie conversation, décida le jeune homme en dégustant le saumon gravlax acheté le matin. La rediffusion de *Paris, Texas* sur *Arte* occupa sa soirée et il se coucha dans la foulée. Vers deux heures, les mêmes bruits que la veille, mais dans un ordre différent (porte d'entrée, chasse d'eau, télévision), le réveillèrent. Bon sang, ce n'était pas possible de continuer comme cela. Jeudi, ils parleraient enfin. D'homme à homme.

Chapitre VII

En milieu de matinée, Patrick Berthet, en caleçon et en tee-shirt siglé Von Dutch, marque qui avait connu un certain succès une vingtaine d'années auparavant, fit irruption dans la salle de séjour où Alexandre travaillait.

— *Holà, qué tal*?

— Pardon ?

Alexandre avait très bien compris, mais commençait à en avoir assez de ses expressions toutes faites, ses « *No problemo* », ses « petite *siesta* », ses « p'tit coup de rouge », ses « p'tit kawa »...

— Comment ça va ?, reprit le père en version française.

— Très bien. On déjeune ensemble donc ?

— Avec plaisir. Je t'invite. Enfin, si tu peux me prêter cent euros – je récupère ma carte demain –, je t'invite au resto.

Sidéré par cette conception inédite de « l'invitation », où l'invité paie à la place de celui qui invite, Alexandre resta coi pendant que son père se dirigeait vers la cuisine en sifflotant. Son fils le rejoignit.

— 12 h 30 ?

— Impec. Je mange un bout, une petite douche, je passe quelques coups de fil et je suis tout à toi.

À l'heure dite, les deux hommes quittèrent l'appartement.

— Le *Bibent*, ça te dit ? J'aime bien, moi. Et puis, on y a des souvenirs, si l'on peut dire…

Acquiesçant par un hochement de tête, Alexandre se demanda dans quelle mesure on pouvait qualifier de « souvenirs » le bref et étrange dîner de la semaine précédente. Peu avant d'arriver devant la brasserie, Patrick Berthet s'arrêta.

— Au fait, tu peux m'avancer cent ou cent cinquante euros pour notre déjeuner ? Je te rembourserai.

— Je ferai une carte, c'est pareil.

— Oui, mais enfin, tu vois, symboliquement… Je préférerais payer moi-même, dit-il avec une moue d'enfant triste.

— Très bien, prends ma carte, je n'ai pas assez de liquide. Tu te souviens du code ?

— 8 0 0 2 ! scanda-t-il en arborant le sourire du candidat d'un jeu radiophonique ou télévisé qui aurait trouvé la bonne réponse.

Dans la brasserie, le directeur de salle et deux serveurs accueillirent « Monsieur Berthet » avec les manières dues à un habitué des lieux. De façon plus familière, Marlène lui fit la bise. Nul besoin d'être détective privé pour comprendre où Patrick Berthet avait passé une bonne partie de ses soirées ou de ses journées les derniers temps. La commande passée, Alexandre se lança.

— Pour être franc, je ne comprends pas pourquoi tu es chez moi, au-delà du fait bien sûr que j'ai accepté de t'héberger à cause de ton problème. Tu vis comme à l'hôtel, on s'aperçoit à peine, tu ne me dis rien. Après tout ce temps… Après toutes ces années, je t'avoue que je m'attendais à autre chose. D'autant que c'est toi qui m'as appelé avant la perte de tes papiers pour que l'on se voie. Qu'es-tu venu faire en fait ?

Patrick Berthet but une gorgée de vin rouge – son fils ayant décliné toute consommation d'alcool, il n'avait osé commander une bouteille et avait dû se contenter d'un « p'tit verre de Pic Saint Loup ».

— Bien sûr, bien sûr… D'abord, je te remercie encore. Tu n'étais pas obligé de me recevoir (« Ben si, presque… Je n'allais pas te laisser à la rue à une heure du matin », pensa Alexandre) et je t'en suis reconnaissant. Tu as raison, je ne suis pas souvent là (« Si, quand tu dors ») et je suis un peu tendu (« Qu'est-ce que cela doit être quand tu es détendu… ») par les affaires en cours. Si tout se passe bien, et je crois que cela va bien se passer, je croise les doigts, je vais me refaire. Et sérieusement…

Voilà, c'était reparti. Comme le soir de leurs retrouvailles. Jamais de mots justes. Une logorrhée faite de « business plan », de « concept », de « process », de « back office ». Faisant une pause, Patrick Berthet prit un air de comploteur et chuchota.

— La semaine prochaine, je dois dîner avec quelqu'un de très important. Du très lourd. Il pèse un ou deux milliards. Sa famille, trois ou quatre fois plus. Tu viendras avec moi.

Subitement, Alexandre eut des sueurs froides. Il songea à ces grands escrocs, du genre Thierry Rocancourt, qui avaient mené des doubles ou triples vies, convainquant des proches, des relations, des amis, des maîtresses ou des compagnes, de leur prêter de l'argent parfois en vue de projets mirobolants. De l'extorsion plus ou moins douce, consentie, à tel point que les victimes n'osaient pas toujours porter plainte, culpabilisant à cause de leur incroyable naïveté. Si ses souvenirs étaient bons, Rocancourt avait même réussi à escroquer des acteurs hollywoodiens. Et Bernard Madoff ? Dans un registre encore plus spectaculaire, il avait soutiré des millions de dollars à des membres de la jet-set.

— Ça va ? Tu n'as pas l'air bien, tu es tout blanc…

— Ce n'est rien.

Alexandre s'efforça d'apaiser son imagination galopante. Son père était juste un type un peu paumé qui, à cinquante ans passés, semblait tirer le diable par la queue. Le bras droit tatoué de Marlène vint poser l'addition sur la table que Patrick régla avec la carte bancaire.

— Tu as quelques euros pour le pourboire ? demanda-t-il à son fils.

Alexandre déposa un billet de cinq euros sur la table et se leva.

— Et pour ce soir, c'est bon ? On fait l'apéro au *Bar Basque*, demanda la serveuse à Patrick Berthet.

— Oui, t'inquiète, je t'appelle en fin de journée.

Devant *Le Bibent*, le père annonça qu'il avait besoin « d'un p'tit somme » et Alexandre lui répondit qu'il allait voir une exposition de photos au Château d'Eau.

— Parfait, à tout à l'heure alors.

— Tu me rends ma carte bleue ?

— Oui, pardon, bien sûr.

Au Château d'Eau, Alexandre prit son temps pour découvrir la trentaine de clichés en noir et blanc qu'un photographe italien avait consacrés à Beyrouth au temps de la guerre civile puis lors de la reconstruction dans les années 1990. En observant attentivement les photos, on en arrivait à se demander si parfois la reconstruction n'avait pas été pire que les dommages causés par le conflit. L'absence de la moindre légende ou commentaire était frustrante, mais l'on pouvait reconnaître par moments les mêmes sites d'une époque à l'autre. Un philosophe avait nommé cela « la destruction des villes en temps de paix ». Ayant épuisé les ressources de l'exposition, il ressortit et emprunta le Pont-Neuf sous un soleil déjà estival. Au carrefour d'Esquirol, il bifurqua vers la place de la Trinité puis s'attabla à l'une des trois terrasses bondées. Cette place d'une majesté italienne bruissait sous les nuées pépiantes de lycéens et d'étudiants.

En sirotant un café, Alexandre observait ces jeunes gens dont il se sentait si proche et si loin. Seulement cinq ou dix ans le séparaient d'eux et pourtant leur insouciance, leur gaieté, leur innocence lui paraissaient des continents perdus. Ce garçon avec sa mèche sur les yeux, cette fille posant sa paume gauche devant la bouche pour rire aux éclats, ce grand échalas avec un casque de scooter sous le bras gauche rejoignant nonchalamment ses amis, ces cigarettes allumées avec désinvolture, ces sourires qu'il aurait aimé photographier : tout ce bonheur qu'ils ne savaient pas, cette grâce naturelle, cette jeunesse tellement éclatante et bientôt évanouie.

Accessible à certaine mélancolie, Alexandre tenta de corriger l'inflexion de ses sentiments. La vie lui était douce, pas tellement différente de celle d'un étudiant, sauf que les articles avaient remplacé les examens et qu'il était libéré de toute inquiétude matérielle à seulement vingt-six ans. Céder au « Bonjour tristesse » relevait dans sa situation d'un luxe d'enfant gâté. À moins qu'il ne s'agisse de sa sensibilité profonde, des marques invisibles – sauf pour lui – qu'avaient laissées la perte, l'abandon, l'absence. Il s'apitoyait à nouveau sur son sort et se méprisait de cette faiblesse. Parfois, il aurait aimé être un bloc, une présence, un type ne doutant de rien. Un peu comme son père, mais en moins *loser*.

Porté par son vague à l'âme, il erra vers les Carmes et la place du Parlement où se trouvait la cour d'Appel. Grâce à Arnaud, il avait appris à repérer les avocats « en civil ». Munis de grosses sacoches ou de cartables, portant sous les bras de volumineux dossiers, ils se disséminaient dans les rues du quartier pour regagner leur cabinet. Preuve irréfutable de leur condition : la robe noire pliée, là encore sous un bras ou dépassant d'un sac. Ayant fait un arrêt sur un banc de la place, Alexandre sentit son téléphone vibrer. Ahmed, un ami restaurateur, lui proposait de venir à la soirée dégustation organisée devant son établissement, à partir de vingt heures, autour d'un groupe de bons vignerons. Pour l'occasion, le restaurant serait fermé à la clientèle et ne servirait que le public invité moyennant une participation de vingt-cinq euros. Rien de mieux ne l'attendait ailleurs et il accepta. Il n'était que dix-huit heures. Alexandre décida de flâner avant de se rendre à *La Belle équipe* d'Ahmed. Il marcha jusqu'à la cathédrale Saint-Étienne. C'était maintenant l'heure du soir où le jour résistait encore. Le ciel se colorait d'une teinte rougeoyante et il flottait dans l'air ces promesses qui caractérisent la fin des journées du début du printemps.

Dans la rue de l'Esquile, devant *La Belle équipe*, une trentaine de personnes rassemblées autour de tonneaux échangeaient, un verre à la main. Alexandre salua Ahmed et quelques connaissances parmi lesquelles Philippe et son épouse Laurence, les patrons de *La Poignée de raisins*. Ceux-ci lui conseillèrent de goûter les vins d'une joyeuse vigneronne du Languedoc présente avec quatre de ses collègues. Au fil des minutes, l'assemblée s'élargit. Des seaux étaient à disposition de ceux qui voulaient cracher ou vider le contenu de leur verre afin de pouvoir déguster le maximum de cuvées sans céder à l'ivresse. Des assiettes et des plateaux concoctés par l'équipe du chef circulaient parmi les convives tandis que portions et autres petits plats étaient disponibles à l'intérieur du restaurant. Retrouvant des visages qu'il n'avait pas vus depuis quelques semaines ou quelques mois, Alexandre savoura ce moment de temps suspendu, de discussions autour de la Dive et d'autres sujets prétextes à des rires, des sourires, des tapes sur l'épaule.

Devant l'entrée de *La Belle équipe*, Sébastien, journaliste dans les colonnes du quotidien local et vieil ami de Louis, devisait avec une jeune fille dont la frange brune soulignait des yeux très bleus. Le journaliste présenta Alexandre à Zoé qui lui offrit son plus beau visage avec une évidence chassant les artifices de la séduction. Un autre soir, une autre fois, il aurait pu tomber sous le charme comme l'on tombe sous la mitraille, mais il se contenta de la vision fugitive d'une beauté définitive. De toute façon, il était temps de rentrer. On venait de dépasser vingt-deux heures, Alexandre ne voulait pas basculer dans l'ivresse et la dérive. Il remercia Ahmed, dit au revoir à d'autres en agitant la main droite, puis rejoignit ses pénates.

En poussant la porte d'entrée de son petit immeuble et en s'engageant dans le couloir, il entendit de la musique et des éclats de voix qu'il attribua à Joël, dit « Jojo », le locataire du deuxième étage, un quadragénaire organisant à l'occasion des soirées animées, mais la montée des marches vers son appartement du premier imposa l'évidence à Alexandre : la fête avait lieu chez lui.

Dans le salon, il découvrit une assemblée d'une vingtaine de jeunes personnes s'agitant, dansant, brandissant des verres autour de la table basse sur laquelle l'enceinte Bose diffusait à fort volume *On va s'aimer* de Gilbert Montagné car, hélas, certains tubes – pas forcément les meilleurs – perpétuent leur séduction à travers les générations. Patrick Berthet étant la seule personne qu'il reconnût dans son appartement (il n'avait pas encore repéré Marlène qui préparait des cocktails dans la cuisine), Alexandre se dirigea vers lui en bousculant des invités.

— Qu'est-ce que c'est que ce souk ? Tu m'expliques ?

— Ah, tu es là ! Je me suis permis de proposer à quelques amis de Marlène de boire un petit verre ici, vite fait, avant de sortir. Ne t'inquiète pas, ils ont amené des bières et des bouteilles : c'est nickel chrome ! Tu bois quelque chose ?

Éberlué, Alexandre n'eut pas le réflexe de les mettre dehors. Tel un policier sur une scène de crime, il visita l'appartement pollué par la fumée de cigarette. Les festivités étaient cantonnées au salon, à la cuisine et à un degré moindre à la salle de séjour. L'inspection des lieux délivra au propriétaire des informations basiques : les protagonistes, à l'exception bien sûr de son père, avaient entre vingt et vingt-cinq ans. Apparemment, les garçons avaient pris des amphétamines ou de la coke, les filles étaient simplement ivres, à part peut-être une blonde gironde aux yeux mi-clos affalée dans le canapé, proche du malaise. Depuis l'enceinte s'enchaînaient maintenant des titres de Katy Perry, d'Orelsan et de daubes en autotune qu'Alexandre ne connaissait pas. Des gamines hurlaient pour saluer un morceau particulièrement attendu.

En se rendant dans la cuisine, il croisa Marlène les mains chargées de quatre verres contenant un alcool verdâtre.

— Ah, merci au fait pour l'invit', c'est sympa chez toi !

— Je n'y suis pour rien, je t'assure…, répondit dans le vide Alexandre qui commença à récupérer les cadavres de bouteilles comme l'aurait fait le serveur d'une boîte de nuit un peu débordé par la clientèle. Il y avait beaucoup de bières ainsi que quatre bouteilles de Tariquet, le genre de vin blanc dont deux verres suffisaient à affliger le buveur d'une double barre frontale pour plusieurs heures. Au salon, on était passé aux shots de vodka et de Jäger. La température montait. Malgré le bruit, Alexandre entendit la sonnerie et décrocha l'interphone. Un livreur amenait les pizzas commandées. Dans le patio, l'un des deux garçons qui fumaient un joint réceptionna la livraison – six pizzas de taille surdimensionnée – et fut accueilli à l'intérieur par des cris de joie.

L'arrivée de la nourriture eut le mérite de faire baisser le volume sonore général car nombre de fêtards ressentaient le besoin d'éponger la quantité d'alcool ingurgité. En propriétaires qu'ils n'étaient pas, Patrick et Marlène allèrent chercher des assiettes et des couverts dont beaucoup ne se serviraient pas tandis qu'Alexandre les fournissait en sopalin et serviettes en papier afin d'éviter tant que possible les dommages collatéraux dus aux pizzas. En passant d'un groupe à l'autre, du salon à la cuisine sans oublier au séjour où certains s'étaient attablés, il saisit des bribes de conversations. Des mots et des expressions constituaient le socle d'un vocabulaire commun : « genre », « tu vois », « en mode » ou « mode », « grave » et sa nuance « non mais grave », « kiffer », « teuf », « stylé » (prononcer « Staïlé ») « meuf », « cops », « de ouf », « padesouci ». « Trop » accompagnait presque chaque adjectif. « Du coup » débutait chaque phrase et « carrément » faisait office de point virgule. Dans ce champ lexical riche de cent mots, l'expression « c'est clair », dont la mode remontait pourtant à plusieurs années, faisait de la résistance. Sous l'effet de l'alcool, des drogues, de la fumée, les yeux se brouillaient, les paroles s'évanouissaient en balbutiements et bégaiements. Des ricanements idiots se répondaient en échos. En cherchant Oscar, Alexandre découvrit une jeune fille vomissant à genoux, la tête penchée sur la cuvette des toilettes. La présence de l'une de ses camarades à ses côtés lui permit de poursuivre sa quête.

Prudent, peureux, mais surtout curieux, le chat, qui ne goûtait guère en général la présence d'étrangers sur son territoire, avait entrepris une discrète avancée vers le salon. Ayant observé brièvement la situation, il administra un coup de patte griffue, accompagné d'une rapide morsure, au mollet dodu d'une brunette qui se dodelinait sur un air de Lady Gaga. Son forfait accompli, Oscar fila à toute vitesse se cacher sous le lit d'Alexandre. Surprise par l'agression foudroyante, la victime hurla et laissa tomber son verre de vin qui se brisa sur la table basse du salon avant de finir sa chute sur le tapis.

Dans le couloir, Alexandre fut à nouveau félicité par Marlène.

— Il est trop cool ton daron. On s'éclate !

C'était un compliment dont il se serait passé, mais il en profita pour s'enquérir auprès d'elle de l'identité de la population squattant son appartement.

— Les filles, ce sont toutes ou presque des cops de médecine, moi j'ai lâché l'affaire en deuxième année, et les keums, à part Ted et Frankie, ils sont plutôt en droit. Tu vois, Mika, là-bas (elle désignait un blondinet malingre mimant un solo de guitare sur *Les Démons de minuit* du groupe Images qui n'en comportait pas), il est même avocat stagiaire…

La rapide présentation confirma l'intuition d'Alexandre sur le pedigree social de ses invités malgré lui : des fils et des filles de la bonne bourgeoisie dont certains seraient bientôt médecins, dentistes ou avocats. Le jeune homme songeait rarement à l'avenir du pays. La politique et la gestion de la nation le laissaient plutôt indifférents. Les interrogations ou les lamentations sur l'évolution de la société, il abandonnait cela à d'autres. Cependant, le simple spectacle de quelques spécimens de sa génération lui suggéra bizarrement des considérations générales, aussi sommaires qu'inquiètes, que l'on pourrait résumer ainsi : « Avec des crétins pareils, on est mal parti. »

La vision de son père initiant dans le séjour ses nouveaux amis aux joies de la chenille lui rappela que la connerie n'était pas le privilège de la jeunesse. La chenille achevée, les danseurs les moins fatigués s'activèrent, en sautant les bras levés, pour accompagner une nouvelle chanson dont les paroles annonçaient « Et on monte le son ! » En sueur dans un polo Fred Perry noir, Patrick Berthet se dirigea vers son fils.

— Désolé pour le barnum, on y va dans cinq minutes. Sinon, ça va ?

Le silence et le regard d'Alexandre ayant valeur de réponse, il enchaîna en s'épongeant le front de la main.

— T'as vu la grande brune devant la fenêtre, elle s'appelle Clara, pas mal non ?

— Je t'en prie, elle pourrait être ta fille...

— Je disais ça pour toi ! Oh, qu'est-ce que tu vas penser ? Je ne suis pas un Sugar Daddy !

Alexandre ne connaissait pas cette expression, désignant des hommes murs entretenant des nymphettes en échange de faveurs sexuelles, mais en devina le sens général. Devant la perspective de voir ces énergumènes quitter l'appartement, la satisfaction l'emportait sur la colère.

— Au fait, je suis à sec, je n'ai pas encore reçu ma nouvelle carte bancaire. Tu aurais un peu de cash pour dépanner ?

— Non, je n'ai pas de liquide.

— Tu me prêtes ta carte alors ? Juste pour boire un verre et offrir une tournée à la jeunesse.

Alexandre fila dans sa chambre et revint avec trois billets de vingt euros. Soixante euros, ce n'était pas cher payé pour que les fêtards déguerpissent.

— On ne va pas se saouler avec ça, gloussa son père.

— C'est tout ce que j'ai et je n'ai pas envie de te prêter ma carte. Une agression est vite arrivée. Les nuits ne sont pas sûres comme tu sais…

— T'inquiète, ça roule ! répondit-il en glissant les billets dans une poche de son jean avant de revenir au salon en sautillant, l'index de la main droite levée dessinant des cercles dans l'air.

Patrick Berthet tint sa promesse. Tel un officier, il rassembla sa troupe et lui enjoignit de poursuivre la soirée au bar *Chez Tonton*, place Saint-Pierre, là où l'alcool coulait à flots à des tarifs modiques. En un éclair, la vingtaine de fêtards se mit en ordre en marche, y compris les plus amochés, et quitta l'appartement.

Divinement surpris par la rapidité du retrait, Alexandre souffla et s'effondra dans le canapé du salon. Il y avait un sacré bazar, mais le plus dur était passé. Soulagé lui aussi, Oscar pointa le bout de ses moustaches. Il se frotta aux jambes de son maître, émit un miaulement virant au couinement et sauta sur la table basse pour renifler un morceau de pizza.

Chapitre VIII

À son réveil, tardif, Alexandre repensa au dernier message téléphonique de son oncle Jacques auquel il n'avait pas répondu. La coutume voulait que le jeune homme vienne déjeuner ou dîner tous les mois chez Jacques et Laurence. À ces repas de famille se joignaient en général ses tantes Françoise et Florence, ainsi que, plus épisodiquement, une part de la floppée de cousins et cousines. De son côté, Alexandre lançait épisodiquement des invitations pour des dîners qu'il mettait un point d'honneur à cuisiner lui-même, à l'exception des desserts.

Le téléphone portable indiquait qu'il était près de neuf heures. Alexandre dormait très rarement aussi tard et se leva d'un bond. À sa grande surprise, Patrick et Marlène prenaient déjà le petit déjeuner dans la cuisine alors qu'ils étaient rentrés tard dans la nuit. Lui portait son tee-shirt Von Dutch, Marlène un tee-shirt blanc sur lequel était inscrit en lettres rouges « L'amour fou ». Alexandre refusa de voir là une quelconque déclaration officielle et les salua tout en repensant à l'expression Sugar Daddy utilisée par son père la veille.

— Alors, on s'est fait une petite grass'mat' ? lança Berthet, taquin et de bonne humeur.

— Pour une fois que tu te lèves avant moi…

— Oh le grognon ! Un vrai sauvage, dis donc. Tu n'es pas du matin mon fils.

— Je finirai de ranger. Pardon pour le bordel que l'on a mis hier soir, dit Marlène sous le regard satisfait de Patrick, comme si les bonnes intentions de la jeune fille rejaillissaient un peu sur lui.

— Ce n'est rien, je te remercie, répondit Alexandre.

— Au fait, à partir de demain, Marlène a trois jours de récup' et on va en profiter pour se faire un petit week-end à la mer. Je récupère ma carte bleue cet aprem' et on mettra les voiles vendredi en milieu de matinée… Sinon, tu as une voiture ?

— Non, je ne conduis pas, je n'ai jamais passé mon permis.

— Pas bien ça ! Et comment tu fais ? Tu te laisses conduire par les autres ? Faut être indépendant dans la vie ! Bon, ce n'est pas grave, je vais en louer une pour le week-end, conclut-il avec indulgence.

Une fois de plus, Alexandre n'eut qu'un silence pantois à opposer à la leçon « d'indépendance » de celui qui vivait sous son toit et à ses crochets depuis trois jours tout en exprimant sa déception de ne pouvoir lui emprunter une voiture. Son café avalé, il fila à la salle de bains, s'habilla et à son retour Patrick jouait avec Oscar dans le salon pendant que Marlène rangeait la cuisine.

— Je sors puis je déjeune avec un ami, annonça Alexandre à son père qui cherchait à genoux l'une des balles en mousse du chat sous le canapé.

— OK, ne m'attends pas ce soir, j'ai un rendez-vous qui risque de déborder. Au plus tard, on se voit demain matin.

— Oui, c'est ça. Au revoir Marlène, bonne journée.

— Ça roule, toi aussi ! dit-elle dans un sourire.

Se sentant comme un étranger dans son appartement, Alexandre avait décidé de téléphoner à oncle Jacques depuis la terrasse couverte du café du *Donjon* à trois cents mètres de chez lui. Celui-ci lui confirma le déjeuner pour le dimanche à venir, puis un SMS d'Arnaud fixa à *La Binocle* leur déjeuner du jour. Avant l'arrivée des entrées, il relata à son ami l'irruption de ce père presque inconnu dans son existence. Par pudeur et respect, ni Arnaud ni Louis n'avaient jamais évoqué avec Alexandre son enfance marquée par le décès prématuré de sa mère et l'absence de son père au-delà des brefs récits que leur avait faits le quasi orphelin au début de leur amitié.

— Ah oui, quand même. C'est fou. Et comment cela se passe entre vous ? demanda l'avocat.

— C'est étrange. On dirait un gosse. Il est sans-gêne, immature, mais pas méchant. Enfin, je crois…

— Tu en as parlé à Louis ?

— Non, tu es le premier. Même mes oncles et tantes ne sont pas encore au courant. Cela ne fait que quelques jours. Dans un premier temps, j'ai été sidéré, je n'y croyais pas. Comme dans un rêve ou un cauchemar. Puis, c'est vraiment lui. Il existe. C'est vraiment réel. En fait, je ne sais pas quoi penser.

— Bien sûr, je comprends. Laisse faire les choses. Sans trop t'investir. Essaie de garder tes distances.

— Ne t'inquiète pas, il n'est pas le genre de père qui te donne envie de lui sauter au cou ou de tout quitter pour le suivre…

Alexandre raccompagna Arnaud jusqu'à son cabinet, puis fit un passage à la librairie *Ombres Blanches* où il acheta *Kaputt* de Malaparte en poche et un livre que Louis lui avait intimé de lire : *Boire et déboires en terres d'abstinence* de Lawrence Osborne, un récit autobiographique dans lequel l'auteur consignait les endroits et les situations les plus improbables, à travers le monde, où il avait épanché sa soif d'alcool. Alors que le ciel s'était couvert, c'est dans un café de la place du Capitole qu'il débuta la lecture de *Kaputt*. Au bout d'une demi-heure, il découvrit un message vocal de son père : « Finalement, on va partir ce soir quand Marlène aura fini son service. Et réserve-moi s'il te plaît ta soirée de mardi, j'ai mon dîner d'affaires dont je t'avais parlé, tu m'accompagneras si ça te dit. Bon, à plus Alex. »

« Alex » : c'était nouveau ce surnom. Au moins avait-il échappé à « mon p'tit Alex ». Pour le dîner dit « d'affaires », il verrait plus tard. N'ayant plus la tête à Malaparte, il rentra chez lui, mit un live des Rolling Stones à bon volume dans son enceinte et prépara une poêlée de calamars avec des poivrons finement taillés, de l'ail, de l'huile d'olive, du gros sel, du poivre et des épices de Roellinger. Ce n'était pas si mal de retrouver sa solitude, ce confort, cette liberté. Il mangea son plat en l'accompagnant de quelques verres d'un vin rouge sicilien, puis se replongea dans la lecture de Malaparte.

Le lendemain et le surlendemain, il se consacra à des tâches domestiques – « qui ne sont pas sans noblesse » comme aimait le préciser Louis : courses, lessives, ménage de fond en comble de l'appartement... Alexandre aimait ces travaux et la satisfaction simple, quasi immédiate, qu'ils lui apportaient. Le dimanche, à midi, il se dirigea vers l'appartement de son oncle, situé à une dizaine de minutes de marche de chez lui, dans la rue Ozenne, l'une des préférées du jeune homme pour la beauté de ses vieux immeubles bourgeois et ses arbres qui lui conféraient une prestance presque britannique. Jacques et Laurence s'étaient installés là huit ans auparavant quand leur cadet, Antoine, âgé d'un an de plus qu'Alexandre, réclama son propre appartement tandis que Laurent, l'aîné, avait déjà quitté le domicile familial. Après la mort de sa mère et jusqu'à sa majorité, Alexandre vécut chez Jacques et Laurence dans leur grande maison du quartier des Chalets où ses cousins furent des sortes de demi-frères avant que leurs goûts respectifs, leurs destins professionnels, leurs ambitions ne distendent naturellement leurs liens.

Laurent était devenu avocat, reprendrait bientôt le cabinet de son père ; Antoine se trouvait déjà à la tête d'une florissante agence immobilière, perpétuant en quelque sorte la tradition familiale et l'héritage de son grand-père François décédé en 2010, quelques mois après son épouse. Laurent et Antoine aimaient les grosses cylindrées et les grosses montres, les restaurants étoilés, les vacances de luxe dans des lieux – essentiellement sur la côte basque et la côte d'Azur – où ils retrouvaient les gens de leur milieu. Malgré cela, l'affection qu'Alexandre portait à ses cousins demeurait intacte. Il n'oubliait pas ce que leurs parents et eux avaient été pour lui : une famille de substitution l'ayant aimé et élevé sans le contraindre.

En s'engageant dans la rue Ozenne, il croisa des joggeurs soufflant et transpirant avec ostentation, des jeunes couples – avec ou sans poussette – qui sortaient d'une fameuse pâtisserie et des dames chics promenant de très petits chiens presque invisibles. À leur vision, il pensa à ce couple qu'il voyait souvent rue Alsace-Lorraine, rue des Lois, parfois ailleurs. Eux tenaient en laisse un lévrier qui aurait pu figurer dans un vieux dessin animé de Walt Disney. La femme portant, quels que soient le temps et la saison, de grosses lunettes noires, grande, mince, avait l'élégance d'une vedette hollywoodienne des années 1940 ou 1950 qui aurait décidé de quitter le monde du spectacle. Alexandre estimait son âge à cinquante ans, peut-être moins, peut-être plus.

Quant à l'homme, il lui donnait une dizaine d'années de plus qu'elle. Avec sa barbe savamment mal taillée, il ressemblait à un musicien de la scène indépendante américaine lui aussi à la retraite. Ce couple l'intriguait. Il les imaginait volontiers anglo-saxons, du moins étrangers en raison de leur apparence intimidante et si peu commune. Quand ils marchaient, côte à côte ou l'un derrière l'autre à un mètre de distance, l'homme et la femme demeuraient muets, comme si le silence constituait entre eux un lien plus fort que les paroles. Contrevenant à son choix de ne pas photographier des humains, il aurait aimé les prendre en photo. Alors qu'il s'approchait de chez Jacques et Laurence, il sentit grandir l'inquiétude qui l'habitait. Il faudrait bien pendant le déjeuner aborder cet événement incongru, incroyable, déroutant : le retour de Patrick Berthet.

Antoine accueillit son cousin sur le pas de la porte au deuxième étage. Dans le salon sur la gauche, Jacques servait du champagne à son épouse et à ses sœurs. On s'embrassa, Alexandre confia à son oncle la bouteille de vin qu'il avait apportée – « Ah, du Gramenon, merci mon grand » – et prit place sur l'un des canapés auprès de tatie Françoise qu'il n'avait pas vue depuis des mois. Blonde, d'une minceur de mannequin, elle affichait à cinquante-sept ans une beauté rappelant certaines héroïnes d'Hitchcock qui contrastait avec ses blessures intérieures. Françoise ne s'était jamais vraiment remise du divorce avec son mari chirurgien, cinq ans plus tôt, qui l'avait quittée banalement pour une femme plus jeune de vingt ans et « très vulgaire » – selon Jacques qui avait été l'avocat de sa sœur durant la procédure. Depuis, elle essayait de se consoler avec les réussites professionnelles de ses enfants – Paul, trader à Londres, Pierre, commissaire-priseur à Paris, et Clotilde, galeriste à Barcelone – tout en traversant des périodes de dépression que seule la chimie médicamenteuse tempérait. Rien dans son visage majestueux, ses gestes, son allure folle, ses paroles, ne trahissait ce désarroi. Elle aurait pu être un parfait agent double, mais se contentait, quand elle en avait l'envie ou la force, de tenir un magasin d'antiquités. Tatie Florence, la plus jeune de la fratrie, affichait quant à elle sa bonne humeur et son énergie habituelles. Petite, les cheveux courts auburn, elle suscitait une empathie spontanée à l'inverse de sa fille, Laura, qui achevait de dispendieuses études dans une école de commerce payée par les confortables revenus de Florence, dermatologue de son état.

On passa à table. Après des huîtres et des asperges vinrent deux poulets fermiers découpés et présentés avec dextérité par Jacques, accompagnés de haricots verts et d'une mousseline de panais. La bouteille de Gramenon fut ouverte pour le poulet et suivie par un bordeaux boisé. La campagne présidentielle n'alimentant que brièvement les conversations, on échangea des nouvelles des uns et des autres. Laurent, en week-end à Paris avec son amie Alexandrine, se marierait dans un peu plus d'un an, à l'été 2018, révéla Laurence sous les félicitations de ses belles-sœurs et d'Alexandre. Bon, c'était le moment, se dit le jeune homme.

— Il faut que je vous dise : j'ai revu mon père.

Le visage de Jacques se figea, un peu comme si son neveu avait fait part de sa conversion à l'islam ou de sa volonté de changer de sexe – deux annonces potentiellement traumatisantes que les bonnes manières et le maintien bourgeois commandaient d'accueillir avec un masque d'impassibilité. Laurence, quant à elle, balbutia : « Ton père… Ton père ? »

— Où ça ? Comment ? enchaîna l'oncle.

Alexandre résuma rapidement les faits qui suscitèrent d'autres questions de Jacques.

— Il habite donc chez toi ?

— Oui, pour l'instant…

— Il t'a demandé de l'argent ?

— Non, enfin oui, un peu. Pour le dépanner. On lui avait volé ses papiers.

— Rien d'autre ? Tu es sûr ?

Il poursuivit.

— Il s'agit de ton père et tu agis comme bon te semble, mais méfie-toi tout de même. Cet homme n'a pas laissé que des bons souvenirs dans la famille, c'est le moins que l'on puisse dire.

Ayant repris ses esprits, Laurence posa des questions plus précises.

— Que fait-il ici ? De quoi vit-il ?

— Des affaires. Il a des rendez-vous. Je crois qu'il doit voir entre autres un important investisseur.

Le rictus de Jacques n'avait pas besoin de sous-titres pour que l'on saisisse le sentiment de suspicion et d'agacement qu'il exprimait.

— S'il est dans l'immobilier, présente-le-moi, ça peut m'intéresser, crut bon d'ajouter Antoine.

— Ce n'est pas drôle Antoine, répliqua son père.

Françoise paraissait absente, fixant dans son assiette le blanc de poulet qu'elle avait à peine grignoté. Florence avait filé dans la cuisine pour présenter les desserts qu'elle avait apportés. Sortant de son indifférence, Laura demanda :

— Et ça t'a fait quoi de le revoir après tout ce temps ? C'est super zarbi, non ?

— Laura, on ne parle pas comme cela, commenta sa mère.

— Tu me saoules, t'es chelou ! Il a compris ce que je disais.

— Oui, c'est très bizarre. J'ai encore du mal à y croire pour l'instant. Mais il est plutôt sympa…

— Cool alors, approuva la cousine en dévorant un cannelé.

Ce jugement sommaire permit à la discussion de bifurquer sur les desserts et les projets pour les vacances d'été. Laurence servit les cafés. Après avoir décliné l'offre d'un digestif, Alexandre disposa, entraînant ainsi le départ de Florence et de sa fille. En raccompagnant son neveu, Jacques lui dit : « Tu me tiens au courant, mon grand ? Et tu nous appelles au moindre problème. » Dans la rue, Florence lui confia à son tour : « Je suis très contente pour toi. Même si c'est tard, c'est bien que vous vous retrouviez. Personne ne peut savoir ce que cela donnera, mais je crois qu'il s'agit d'une chance, au moins d'une opportunité. »

Ils s'embrassèrent sur le trottoir, Laura daigna suspendre ses échanges par SMS pour dire au revoir à Alexandre qui rentra chez lui le cœur plus léger que quelques heures plus tôt. Il avait envie de donner dans la futilité, de ne s'inquiéter de rien, de sourire aux passants. Comme un signal, le ciel s'était dégagé. Le printemps et ses promesses se glissaient entre les nuages.

Chapitre IX

Le lendemain du déjeuner chez son oncle, Alexandre passa une partie de la journée alité, cloué par une sorte de virus provoquant des accès de nausée et une terrible envie de dormir. La veille au soir déjà, une grosse fatigue à laquelle il n'accorda pas d'attention l'avait saisi après vingt-deux heures. En fin de matinée, il n'entendit pas son père rentrer. Celui-ci, alerté par la lueur d'une lampe de chevet dans la chambre du fils, le découvrit au lit et s'approcha lentement. Oscar, qui veillait sur son maître, se dressa sur le lit et miaula. Alexandre ouvrit les yeux et offrit sa mauvaise mine à Patrick Berthet.

— Oh là mon fils, ça ne va pas ?

En s'asseyant au bord du lit, il posa sa paume droite sur le front d'Alexandre. Comme un père.

— Tu es brûlant…

— Oui, j'ai dû attraper un truc. Ce n'est pas la grande forme.

— Tu veux que j'appelle un médecin ? Tu as envie de manger ou de boire quelque chose ?

— Non, pas la peine, ça va passer. J'ai juste sommeil…

— OK, je suis là sinon, tu m'appelles au cas où.

En milieu d'après-midi, le malade émergea et vit son père penché sur un ordinateur portable dans le séjour.

— Ça va mieux, Alex ?

— Oui, un peu, je vais me faire de la soupe, je reviens.

Quelques instants plus tard, il rejoignit son père toujours concentré sur l'écran.

— Et toi, ça va ?

— Impec. On s'est fait un p'tit week-end au poil à San Sebastian et dans le coin. Pintxos et txakoli à gogo. Sale temps, mais bonne ambiance.

— Tu fais quoi là ?

— Je prépare un topo pour mon dîner de demain avec Olivier Navarre.

— Celui où tu voulais que je vienne ?

— Oui, mais si tu n'es pas dans ton assiette…

— On verra demain, je me sens déjà en meilleur état.

Patrick Berthet dressa un rapide portrait de l'individu en question. Bien que peu connue des Français, la famille Navarre comptait parmi les plus grosses fortunes du pays, fortune amassée à partir des années 1950 par Maurice Navarre, l'un des pionniers de la grande distribution dans l'Hexagone. Après la mort du patriarche en 1999, les trois enfants – deux fils et une fille – avaient hérité de l'empire qu'ils avaient perpétué. Au-delà de leur activité principale, les enfants Navarre investirent dans de nouveaux secteurs comme le vin, en achetant de prestigieux châteaux dans le Bordelais et en Bourgogne, ou la presse en prenant le contrôle d'un hebdomadaire et d'un mensuel consacrés à l'économie. Au moment où son père allait se lancer dans l'exposé de ce qu'il voulait proposer à Olivier Navarre, Alexandre disposa.

— Tu me raconteras cela demain, je vais me recoucher.

— Bien sûr, repose-toi Alex, répondit Patrick Berthet, déçu néanmoins de ne pouvoir présenter ses riches idées.

Quand Alexandre se réveilla, peu après 21 heures, l'appartement était plongé dans l'obscurité. Une nouvelle ration de soupe lui suffit avant de rejoindre sa chambre, Oscar, quelques pages de Malaparte et des rêves bizarres. Le sommeil fit cependant son œuvre. Au réveil, le virus ne se faisait apparemment plus sentir. Alexandre retrouva son père le front plissé face à l'ordinateur.

— Bonjour, alors tu avances ?

— *Piano, piano*, mais qui *va piano va sano*. Et toi, *como esta* ?

— Je me sens rétabli.

— *Perfecto.*

— Bon, et que vas-tu proposer à ton type ce soir ?

Le « concept » – Patrick martelait ce terme – consistait à vendre aux Navarre des applications pour smartphone dans un premier temps sur les vins qu'ils produisaient et, à terme, sur nombre de vins qu'ils vendaient dans leurs magasins. Présentation, caractéristiques, tarifs, référencement des points de vente dans l'Hexagone, visite virtuelle de leurs domaines de prestige : autant de fonctionnalités séduisantes alors que le site marchand de leur enseigne se contentait seulement de proposer certains vins à la vente à distance. Plus porté à la dégustation des vins qu'à leur mise en place dans la sphère de la communication et du commerce, Alexandre se contenta d'une question prosaïque.

— Et tu t'y connais en applications ?

— Non, pas vraiment, mais j'ai un copain qui se débrouille. Il a fait à peu près la même chose pour les vétérinaires et les toiletteurs d'animaux. Ça marche du tonnerre…

Dubitatif quant au « concept » et aux compétences disponibles, Alexandre ne voulut pas refroidir l'enthousiasme ni les espoirs paternels et lui confirma qu'il l'accompagnerait au dîner.

— Super, je préviens Hélène.

En mentionnant ce prénom, Patrick Berthet éclaira son fils sur la façon dont il avait pu obtenir un rendez-vous avec l'un des héritiers Navarre – incongruité qui n'avait jusque-là pas intrigué Alexandre. Ladite Hélène, « une vieille copine », avait pour sa part prospéré dans le domaine de la conserverie de produits issus du canard, au point, au fil des années, d'être distribuée par les hypermarchés et enseignes de la famille Navarre, ce qui lui permit de devenir « une bonne amie » de l'un des fils, n'hésitant pas à rendre visite à la chef d'entreprise dans son sud-ouest natal. Quand elle avait mentionné à Patrick Berthet ses liens amicaux avec Olivier Navarre, celui-ci n'avait pas laissé passer l'opportunité d'un rendez-vous informel et convivial avec le milliardaire organisé par Hélène.

Le soir venu, alors qu'ils se dirigeaient vers le restaurant, situé place Saint-Sernin et baptisé *Essence(s)*, Patrick crut bon d'affranchir son fils sur le profil d'Olivier Navarre.

— Bon, dans la famille, c'est pas le couteau le plus affûté du tiroir. Je te préviens, faut pas s'attendre à causer physique quantique avec lui…

— Parce que tu es un spécialiste de physique quantique ?

— Non, mais je connais, vois-tu. J'ai lu des choses sur le sujet dans un roman. Ah, j'ai oublié le titre… C'est le Breton, celui qui a eu le prix Goncourt, qui l'a écrit.

— Queffélec ?

— Non, non… Houellebecq !

— Je ne crois pas que Houellebecq soit breton, ou bien c'est relativement récent, ironisa Alexandre.

— Désolé « Monsieur je sais tout », mais Houellebecq c'est breton. Aussi sûrement que Lizarazu c'est basque et que Zidane c'est algérien.

Incontestablement, Patrick Berthet était plus à l'aise avec les ascendances de nos footballeurs qu'avec celles de nos écrivains. Quand ils entrèrent dans le restaurant dont la salle était plongée dans la pénombre, Patrick Berthet annonça une réservation au nom de Navarre ou de Lagarde, le serveur les accompagna vers une table alors qu'Hélène Lagarde et Olivier Navarre faisaient leur entrée ensemble. Hélène débuta les présentations, Patrick les compléta : « Mon fils Alexandre, mon associé. »

« D'où sortait-il cette connerie ? Pourquoi ? » se demanda « l'associé » masquant son agacement derrière un sourire et de franches poignées de mains. Les quatre prirent place et Hélène exprima sa joie à l'idée de cette rencontre qu'elle jugeait intéressante et qu'elle voulait organiser depuis longtemps. Approchant des soixante-dix ans, arborant des cheveux outrageusement teints en châtain-blond, Olivier Navarre portait une doudoune sans manches sur un sweat-shirt, une paire de jeans et des sneakers. À l'exception des chaussures blanches, la luminosité ne permettait pas de distinguer si les vêtements de Navarre étaient noir ou bleu marine. Avec leur veste de costume et leur cravate, Patrick et son fils avaient l'air d'agents en ressources humaines s'apprêtant à faire passer un entretien d'embauche à un senior désireux de revenir sur le marché du travail. Jolie quadragénaire brune à la voix posée, Hélène alimentait les préliminaires de la conversation en racontant comment elle avait respectivement connu les deux interlocuteurs. Les mines entendues du milliardaire et des allusions à des week-ends passés à Venise ou à Paris éclairaient d'un jour nouveau, du moins aux oreilles d'Alexandre, l'expression « bonne amie » utilisée par son père à propos de la nature des liens unissant ces deux-là.

Juste avant l'arrivée des amuse-bouche baptisés « Préambules » par un jeune serveur tatoué – un dé de thon rouge parsemé de sésame et d'une sauce piquante, un embryon de soufflé au fromage, une capsule contenant un jus jaunâtre –, Navarre réclama la carte des vins dont un bref examen lui fit choisir un bordeaux hors de prix auprès d'une sommelière également tatouée. Choix qu'il justifia par l'absence d'utilisation de soufre au cours des vinifications dans le Bordelais alors que la Bourgogne, en raison de son climat, devait avoir recours à ce SO_2 qui pâtissait d'une mauvaise réputation depuis plusieurs années auprès de plus en plus de consommateurs.

Alexandre ne se considérait pas comme un éminent spécialiste du vin, juste comme un amateur éclairé, connaissant un peu la variété et les singularités du vignoble français, capable de reconnaître en général les cépages qu'on lui présentait dans des dégustations « à l'aveugle ». Cependant, en entendant l'absurdité émise d'un ton docte par Navarre, il se sentit obligé de rectifier poliment son jugement en expliquant qu'en Bourgogne, de nombreux vignerons n'avaient pas attendu la vogue du « sans soufre » ou du « sans sulfites ajoutés » pour tourner le dos à cette pratique, ou en en limitant l'usage. Pour citer un domaine dont le milliardaire devait être familier, il mentionna celui, prestigieux, de la Romanée Conti qui utilisait à la mise en bouteille moins de dix milligrammes de SO_2, soit une dose homéopathique voire carrément placebo. Bien qu'exposé avec le sourire, le propos d'Alexandre était aussi limpide qu'un verre d'eau de source : ce type – qui possédait plusieurs domaines viticoles – n'y connaissait rien en vin.

Patrick Berthet adressa un regard noir à l'insolent et en profita pour glisser « Justement, à propos de vin… » avant d'être interrompu par le retour de la sommelière qui fit goûter le nectar au maître de la table. « Excellent, excellent, vous pouvez servir… », dit-il. Pour sa part, Alexandre jugea le jus trop concentré, trop boisé. Même à quatre, ils auraient du mal à finir la bouteille. « Comme je disais donc… », reprit Berthet, cette fois brisé dans son élan par le retour du serveur venu présenter les cinq « moments » du menu unique : il y aurait un « Parfum iodé », une « Balade en mer », un « Retour sur terre », un « Petit tour à la ferme » et enfin une « Vanille exotique et souvenirs de Sao Tomé ». Ces intitulés sentaient le jeu de piste, la devinette, voire les mots croisés. Le chef avait l'esprit ludique, voire taquin. L'absence d'allergies chez les convives permit l'ouverture des hostilités.

Des plats microscopiques se succédèrent sur des plateaux en pierre brute (« de la lave de l'Etna », précisa le serveur au cas où les commensaux eussent l'idée saugrenue de les croquer), dans de grandes assiettes et autres coupes surdimensionnées au regard de leur contenu. Malgré les longs exposés du serveur présentant chaque « moment » du menu, ou à cause précisément des énoncés interminables que l'on n'écoutait plus au bout de quinze secondes, personne autour de la table n'aurait été capable de dire ce qu'ils mangeaient. Tout était liquide ou mou, tiède, avec des pointes de couleurs vives dans une palette chromatique allant du beige au vert en passant par le jaune. Parmi le peu d'aliments solides que l'on mâchait, Alexandre crut reconnaître un demi doigt de homard, mais c'était peut-être une gamba ou une écrevisse.

L'avantage de ce repas, du moins du point de vue de Patrick, résidait dans le fait que les plats étaient avalés en deux bouchées. Voilà qui laissait du temps à des échanges fructueux. Un champ libre pour les vrais entrepreneurs et les hommes d'affaires. Hélas, dès que Berthet commençait à évoquer ses projets, le milliardaire dérivait sur des sujets lui tenant plus à cœur dont ses investissements dans la production de spectacles. Olivier Navarre venait ainsi de financer le nouveau show d'un humoriste dont la cote montait. Il était aussi devenu le producteur d'une jeune chanteuse jugée prometteuse, d'un groupe de rap et de « l'héritier de Charles Aznavour en slam ». À l'occasion, l'humoriste faisait monter sur scène son mécène et improvisait avec lui quelques échanges suscitant, selon Navarre, la joie du public.

— Quand vous devenez artiste, cela change votre vie, philosopha l'apprenti producteur et comédien, vous ne voyez plus les choses de la même façon en passant de l'autre côté du miroir.

À défaut de lui proposer de monter sur scène ou de lui faire traverser un quelconque miroir, Patrick Berthet était disposé à lui soutirer quelques dizaines de milliers d'euros, voire cent mille – une paille pour le milliardaire – afin de financer l'élaboration de ses applications promises, selon lui, à des retours sur investissements « très importants, du fois cinquante au moins par rapport à la mise initiale ». Mais que pesait cette perspective aux yeux d'un homme qui était, avec sa famille, assis sur plusieurs milliards ? Olivier Navarre voulait du rêve, des paillettes, être aimé et reconnu, pas récupérer de la menue monnaie. Après une énième tentative de Berthet de vendre ses applications, il se pencha sur son smartphone.

Un SMS de son plus jeune fils l'avertissait qu'il était bien apparu quelques minutes auparavant dans une rubrique télévisée couvrant l'actualité des « people ». Le milliardaire avait chargé son rejeton de cette mission de veille car, trois semaines auparavant, Olivier Navarre avait été filmé, lors d'une soirée caritative parisienne, en train d'être salué par Nicolas Sarkozy accompagné de son épouse Carla Bruni. Le fiston ayant envoyé un lien de la séquence, Navarre s'empressa de la montrer à ses convives. On l'apercevait en effet, sans doute encore plus brièvement que dans le spectacle de l'humoriste qu'il produisait, une poignée de secondes avant d'être vite éclipsé par le couple ex-présidentiel qui concentrait évidemment l'attention de la rubrique people. Pour furtives qu'elles soient, ces images comblaient d'aise Navarre. On eût dit un enfant découvrant son plus beau cadeau de Noël.

Alexandre perçut dans le regard de son père un immense abattement qu'il ne lui avait pas encore connu. Les hématomes et les blessures en moins, il ressemblait à un boxeur groggy, au bord du KO et prêt à jeter l'éponge. Lors du « moment » final du dîner, « Vanille exotique et souvenirs de Sao Tomé », un brouet jaune saupoudré d'éclats de café et de chocolat, précédé du sempiternel « Bonne continuation » du serveur, expression aux accents involontairement cruels pour Patrick, celui-ci avait rendu les armes. Gênée par le spectacle, Hélène tenta de ramener dans la conversation le sujet qui occupait Patrick sans réussir à attirer l'attention de Navarre qui, maintenant, parlait des célébrités côtoyées ou croisées dans des soirées mondaines. Il se sentait appartenir – à juste titre – aux heureux du monde et il en était très satisfait. Le chef vint saluer la table.

— Bonsoir, le dîner vous a plu ? demanda un trentenaire barbu aux bras plus tatoués encore que ceux du serveur.

— Excellent, merci à vous. Et le vin était également parfait, répondit le milliardaire.

Le chef continua sa tournée auprès de clients apparemment satisfaits de s'être fait dépouiller pour manger si peu et si mal tandis que Navarre héla le serveur pour réclamer l'addition qu'il régla. Les quatre se quittèrent devant le restaurant. Au moment de remercier la puissance invitante, Patrick Berthet posa sa main gauche sur l'épaule droite de Navarre et la fit remonter dans la nuque en exerçant une forte pression.

— Merci pour le repas, et bonne chance pour la suite, mon fils et moi on va suivre la prochaine cérémonie des Molière et des Victoires de la musique, on espère bien vous y voir !

Interloqué par cette familiarité virile, Navarre ne sut s'il s'agissait là d'une moquerie ou d'un geste amical. Il opta pour la seconde option car les gens aimaient les artistes, les créateurs. Il rejoignit son hôtel guidé par Hélène lançant à Patrick un « On s'appelle ! » qui sonnait comme un « Désolé ! ».

Le père et le fils prirent la direction de la rue du Taur. Au bout de cinquante mètres, Patrick Berthet rompit le silence dans la nuit douce et mauve.

— Alors ? Qu'est-ce que je t'avais dit sur le gugusse ? Il n'a pas inventé le post-it, non ?

Alexandre éclata de rire.

— Il est grand dans son genre… Sinon, ça va, tu n'es pas trop déçu pour ton projet ?

— Non, mais tu me vois faire affaire avec un con pareil ? Je tâtais le terrain, c'est tout.

Aucun des deux n'était dupe du fiasco. Il valait mieux en rire.

— Allez viens, je t'offre un verre au *Bibent*. On va dire bonsoir à Marlène.

Chapitre X

Le lendemain matin, Alexandre se réveilla avec un tenace mal de tête. Les tournées bigarrées de la veille au *Bibent* – gin tonic, manzana, whisky japonais – avaient fait leur œuvre. Cependant, il ne regrettait rien car la fin de soirée n'avait guère offert de prise à la mélancolie. Alors que la brasserie se vidait lentement de ses derniers clients, Marlène plaça le père et le fils à une table isolée avant de les convier au bar où deux collègues de la serveuse, chargés de la fermeture, les accompagnèrent dans leurs libations. Remis de sa déception ou décidé à la masquer, Patrick Berthet fit feu de tout bois, imitant là le milliardaire fier de sa mince carrière dans le spectacle, décrivant ici les plats prétentieux qu'ils avaient ingurgités. Et tout le monde riait.

— Ne vous marrez pas, ce sont ces cons qui font marcher le monde, pas vous ni moi ! lança-t-il faussement scandalisé avant de repartir dans l'une de ses imitations devant ce public acquis.

Entre deux gorgées, Alexandre observait Marlène. Elle en pinçait pour son père, songea-t-il, ses regards ne trompaient pas. Quel drôle de couple qui ne se connaissait pas dix jours avant. Que représentait-elle pour Patrick ? Une distraction, une compagnie, un jouet ? À quoi donc peut s'attacher un homme capable de quitter du jour au lendemain femme et enfant ? À rien, bien sûr, sinon à lui-même. Il chassa ces pensées de son esprit. À une heure trente, il fut temps de partir afin de laisser l'équipe fermer l'établissement. Marlène rentrerait chez elle car elle reprenait dès le lendemain à huit heures. Patrick et Alexandre parcoururent dans une lenteur alcoolisée les trois cents mètres les séparant de l'appartement.

— Je préfère te dire que je vais dormir comme un loir, déclara Patrick Berthet.

Son fils n'en doutait pas. Il eût préféré des phrases plus inattendues, plus originales, mais il fallait se contenter de conversations banales. Oscar était déjà sur le lit d'Alexandre et ne se déplaça qu'avec mauvaise grâce quand son maître se coucha à son tour. Ce dernier dut se plier à quelques caresses exécutées paresseusement à cause de la fatigue.

Au réveil, après sa douche et plusieurs cafés, Alexandre découvrit un SMS de Louis lui proposant de le rejoindre à son hôtel autour de midi. Apparemment, son père dormait toujours quand il quitta l'appartement à onze heures pour lire *L'Équipe* avec un énième café au *Florida*. Cette fois, Louis appela.

— Putain, fait chier, un employé s'est fait porter pâle, je dois le remplacer à la réception jusqu'à quatorze heures, mais passe quand même, on boira un coup…

Alexandre arriva peu après midi et découvrit son ami en train d'accueillir un couple anglo-saxon. Il lui fit un signe de la main et s'assit dans l'un des canapés de l'accueil. Quelques instants plus tard, le directeur de l'hôtel, devenu pour un moment un simple employé, le rejoignit.

— Désolé, je pensais que l'on irait déjeuner dans le coin. Attends, je vais chercher un truc à boire.

Le « truc » se révéla être une bouteille de Substance de Selosse que Louis servit dans des verres à vin et non dans des coupes.

— Ça passe plus inaperçu aux yeux des clients qui vont ou viennent et puis c'est le côté vineux le plus intéressant dans ce champagne, pas les bulles, non ?

Très rarement interrompus par des pensionnaires de l'hôtel à cette heure-là, les amis purent converser à leur aise et Alexandre narra l'irruption de ce père perdu dans sa vie. Louis écouta le récit sans commentaires ni manifestation quelconque, se contentant, quand Alexandre sembla avoir terminé, d'une remarque pratique.

— Si cela t'arrange, je peux trouver une chambre à ton père ici, gracieusement bien sûr. C'est calme à cette période.

— Je te remercie, mais je ne pense pas qu'il va rester chez moi longtemps ni dans la ville. Enfin, c'est ce que j'ai cru comprendre même si rien n'est vraiment clair chez lui.

— En tout cas, tu le sais.

La bouteille de champagne était presque finie, des clients ayant déjeuné tôt repassaient par l'hôtel, de nouveaux arrivants demandaient si leur chambre était prête, Alexandre disposa. La proposition de Louis le travaillait. En fait, il ne savait rien des intentions de son père et il convenait d'aborder ce point. De toute façon et quoi qu'il arrive, il était bien sûr exclu qu'il s'installe durablement chez lui. Après avoir acheté un sandwich à la boulangerie de la place Salengro, le champagne ayant réduit son appétit, Alexandre rentra et vit son père arpenter le salon, le téléphone collé à une oreille. Depuis la cuisine, il entendait des bribes de conversation. Visiblement, c'était du « biz ». Son père parlait fort, comme un grand patron en proie à des choix stratégiques. Quand il eut terminé, il déboula dans la cuisine.

— Bon appétit, cela va depuis hier soir ?

— Oui, merci, tout va bien, tu as déjeuné ?

— Non, pas eu le temps, j'ai passé des heures au téléphone. Faut que je parte pour la côte d'Azur demain, *business as usual*…, soupira-t-il comme un mauvais acteur de sitcom. J'en ai pour deux ou trois semaines. Dis-moi, cela ne te dérange pas si je laisse l'une de mes valises chez toi ? Je la récupérerai à mon retour.

— Non, bien sûr.

Décidé à interroger son père sur ce qu'il envisageait dans un futur proche, Alexandre se retrouva frustré par l'annonce de son départ. Les craintes d'oncle Jacques, la suggestion de Louis et plus généralement la décontraction générale de son père avaient commencé à semer dans son esprit les germes d'un scénario « d'incruste » de la part du paternel. Et voilà qu'il se faisait la malle, du jour au lendemain. Des choses plus importantes l'attendaient ailleurs. Alexandre sentit monter en lui une peine inattendue et la culpabilité d'avoir attribué à son père des arrière-pensées hors de propos.

— *Perfecto*. Bon, je vais préparer mes affaires, louer une voiture et passer voir Marlène. Je dînerai avec elle ce soir, ne m'attends pas. On se voit demain avant mon départ.

L'après-midi, Alexandre tenta de travailler à des articles, en vain. Son esprit vagabondait, reconstituait les événements des derniers jours. Que s'était-il passé ? Rien ou presque. Le retour d'un père-fantôme, d'un fanfaron évanescent. Il s'en voulait déjà d'avoir confié à son oncle et ses tantes, à ses amis, la nouvelle. « Et ton père alors ? » « Oh, bah, je ne sais pas. Il est parti sur la côte d'Azur pour un mois » : il imaginait déjà les échanges à venir les jours suivants. Alexandre eut envie de pleurer, son amour-propre retint les larmes. Après tout ce qu'il avait vécu, il n'allait pas flancher à cause de ce guignol, ce pauvre type, ce raté. Il aurait aimé se blottir dans les bras de sa mère et respirer son parfum Chanel, caresser les mains couvertes de veines bleues de sa grand-mère Louise, être embrassé dans le cou par tatie Laurence comme elle le faisait autrefois.

Seul Oscar se présenta et sauta sur ses genoux. Le regard du chat le fixa, semblant lui dire : « Tu vois, je suis là, tu n'es pas seul. »

Tous deux passèrent la soirée sur le canapé en regardant un match de la Ligue des Champions. Le football à la télévision, il n'existait rien de tel pour se vider la tête sans devenir tout à fait idiot. Pour Alexandre, le foot avait partie liée avec l'enfance, le plaisir des retrouvailles et la joie de la nouveauté. De temps en temps, un match, un but, un retournement improbable se graveraient dans la mémoire pour prendre place dans un album d'images superficiel et irremplaçable. Avec Arnaud, ils adoraient s'échanger leurs souvenirs de ballon rond, retrouver ces petits cailloux semés au fil des ans. Après la rencontre, et sans aucun lien avec la victoire du FC Barcelone, Alexandre décida de se remettre à la photographie. Cela faisait au moins deux mois qu'il n'avait pas touché son appareil et la saison l'inspirait. Les jours allongeaient insolemment, une légèreté flottait dans l'air.

C'était le moment de redevenir un guetteur d'instants, un collectionneur des éphémères merveilles du quotidien, de ces presque rien comme une ombre se découpant à la faveur d'un crépuscule dans une rue. Oui, il allait renouer avec les flâneries obéissant au hasard et à l'intuition. La présence d'Oscar, le match et ces promesses photographiques avaient chassé le spleen et il affronta la nuit apaisé, sentiment qui perdura au matin et que le départ de Patrick Berthet ne troubla pas. Ce dernier était pressé. Debout contre la fenêtre de la cuisine, un café dans la main droite, son téléphone dont il faisait défiler des messages dans l'autre, il aperçut Alexandre qu'il accueillit par un « Bien dormi ? » de pure forme.

— Bon, Alex, je file. On se tient au jus, dit-il en se rendant devant la porte d'entrée où l'attendait son bagage.

Alexandre préféra sourire de la situation. En allumant la radio de la salle de bains, il entendit les derniers sondages et pronostics du premier tour de l'élection présidentielle qu'il chassa au profit d'une station diffusant des vieux tubes. D'autres musiques accompagnèrent ses travaux d'écriture tout au long de la journée ainsi que le lendemain. Il voulait s'avancer dans ses articles pour *L'Essentiel de la culture* afin de pouvoir se consacrer les jours à venir aux déambulations photographiques qu'il savourait par anticipation. Comme souvent lorsque l'attente et l'excitation se conjuguent, le résultat se révéla décevant. Rien dans la ville pour aiguiser son objectif. Ce ne fut qu'une demi-surprise, mais il en fut affecté. L'inspiration, la rencontre avec un lieu, un motif, une lumière ne se commandaient pas. Le dimanche soir, il suivit distraitement les résultats de la soirée électorale à la télévision pendant que Louis le bombardait de SMS. D'autres questions le taraudaient. Que faisait son père en ce moment précis alors qu'une grande partie des Français scrutait l'élection présidentielle ? Où était-il ?

Avec qui ? Mieux valait penser à autre chose. Par exemple aux lieux où il irait braconner avec son appareil photo. Emmanuel Macron, Marine Le Pen et Patrick Berthet pouvaient attendre.

Chapitre XI

C'est au Jardin des plantes, trois jours après le premier tour, qu'Alexandre cherchait les muses. Ayant parcouru quelques allées, traversé le pont en bois surplombant l'un des points d'eau fréquenté par des canards, observé des promeneurs, tourné autour de statues, il s'autorisa une pause sur l'un des bancs non loin de l'entrée de la rue Ozenne. Sur le banc voisin, il remarqua une jeune femme qui devait avoir son âge. Les jambes croisées dans une paire de jeans, elle écrivait sur une feuille A4 posée contre une chemise en carton. Décidément, ce Jardin attirait les apprentis artistes, se dit-il. Quand elle leva la tête et croisa son regard, il détourna le sien.

— Vous étiez à l'exposition du Château d'eau sur Beyrouth l'autre jour, lança-t-elle.

Il aurait aimé répondre « Moi aussi, je vous ai vue », mais cela aurait été mentir. La remarque servit toutefois d'amorce aux présentations entre Alexandre Berthet et Mara Maulin. Mara – « Ma mère n'est pas une grande lectrice, mais elle adorait Claudel », précisa-t-elle pour justifier son prénom peu commun tandis qu'Alexandre fit mine d'avoir saisi la référence à l'un des personnages du *Partage de midi* – n'écrivait pas, mais corrigeait des copies. Professeur de français dans un lycée du quartier des Minimes, elle n'entretenait guère d'illusions sur l'importance aux yeux des élèves de la discipline qu'elle enseignait, mais elle tirait de la situation un pragmatisme dénué de renoncement : « Je les aime bien, certains font des efforts, et si je peux donner à trois ou quatre d'entre eux le goût de lire, ce ne sera pas si mal. »

Mara se confiait avec naturel. Elle parla de ses parents agriculteurs dans le Lot, de sa sœur prénommée Bérénice (cette fois en hommage à Racine), de son aversion des dimanches soir, de son goût pour la musique. Son voisin abonda sur le sujet. Tous deux aimaient Miles Davis, Joni Mitchell, la musique brésilienne et partageaient encore d'autres goûts assez rares. Alexandre aimait l'entendre évoquer Djavan, Ed Motta, Robbie Robertson, Ketama ou Prefab Sprout. Qui écoutait ces artistes de nos jours ? Qui les connaissait ? En outre, la jeune femme n'était pas de ces beautés tapageuses ou intimidantes. Avec ses cheveux blonds mi-longs, légèrement ondulés, et sa voix claire, elle dégageait de prime abord une sorte de simplicité et de franchise. Au bout d'une quarantaine de minutes, au cours desquelles elle interrogea Alexandre sur son penchant pour la photographie non par courtoisie mais mue par un réel intérêt, elle prit congé. Ils se serrèrent la main comme de vieux camarades.

— Aux beaux jours, je viens souvent ici corriger mes copies ou dans le jardin du musée Raymond IV, dit-elle dans un sourire.

Cela pouvait passer pour une invitation à se revoir ou bien ce n'était rien du tout. Alexandre se rassit, la regarda partir comme l'on range un souvenir au cœur d'un mouchoir. Au moment de s'engager dans la rue Ozenne, Mara se retourna et le salua en levant le bras droit. Cette discussion avait ravi Alexandre. Il était si rare de parler avec des inconnus sans arrière-pensées ou visées quelconques. Puis, Mara avait le charme de ceux qui ne sont pas conscients de leur charme. Du moins, c'était ainsi qu'Alexandre l'avait perçue. Bizarrement, le visage de la jeune femme commençait déjà à s'estomper de sa mémoire. Avait-elle les yeux bleus ou noisette ? Ses cheveux tombaient-ils dans le cou ou sur les épaules ? Il aurait fait un piètre témoin si la police l'avait interrogé, hypothèse il est vrai peu probable.

À son tour, il quitta les lieux, le cœur léger et pourtant un peu triste. Évidemment, il était amoureux, mais il ne le savait pas. Les coups de foudre, le « love at first sight » comme disent les Anglo-Saxons, ne sont pas toujours aussi fulgurants et évidents qu'on le pense. Ils se produisent parfois par infusion, en toute discrétion ou presque. La première rencontre plante ses germes, il faut ensuite la main du hasard, du destin ou d'une divinité pour que les sentiments sortent de leur clandestinité et puissent s'imposer. Elle n'était sur aucun réseau social, comme Alexandre le constata en tapant « Mara Maulin » sur Google. Ils n'avaient pas échangé leurs numéros de téléphone. La revoir ne serait pas une partie gagnée d'avance.

Les jours suivants passèrent dans une morne banalité à peine interrompue par une soirée foot-pizzas à l'appartement avec Arnaud et Louis, un verre en compagnie de son cousin Antoine dans un bar de la place de la Bourse et des promenades au Jardin des plantes ainsi qu'au jardin du musée Raymond IV. De ces dernières, Alexandre revenait déçu et un peu honteux. Il se félicitait que personne ne puisse deviner le motif réel de ces visites. Son père n'avait donné aucune nouvelle, mais cela ne le surprit pas vraiment. En revanche, pour son grand plaisir, Alexandre croisa dans sa rue « Monsieur Fernand », alias Fernand Noguès, un septuagénaire veuf à la retraite qui, au fil des ans, était devenu une sorte d'homme à tout faire pour certains habitants du quartier, se transformant tour à tour en gardien, plombier, électricien, mécanicien… À l'occasion, il relevait le courrier, nourrissait les animaux domestiques, faisait des courses. D'un désintéressement peu commun, monsieur Fernand refusait toute compensation financière en échange de ses précieux services. Il acceptait cependant des cadeaux, des bouteilles de vin, des invitations à déjeuner ou à dîner qui rompaient sa solitude. Ces derniers mois, Alexandre lui était redevable de la réparation d'une chasse d'eau, d'une fenêtre récalcitrante et de la minuterie de l'immeuble.

— Monsieur Fernand, je suis confus. Je ne vous ai pas vu depuis longtemps, j'ai été pas mal pris et je vous dois quelque chose pour vos interventions. Je suis vraiment désolé, qu'est-ce qui vous ferait plaisir ?

Comme d'habitude, le vieil homme se fit prier avant de céder.

— Bon, bon, si tu insistes, tu n'as qu'à m'offrir un ou deux CD de Patrick Sébastien. Je ne le vois plus à la télévision et j'aime bien ses chansons.

Bien que surpris – Alexandre imaginait plutôt monsieur Fernand fan de Brel ou de Brassens, mais après tout l'un n'empêchait pas forcément l'autre, et il fallait bien reconnaître qu'une seule écoute du *Petit bonhomme en mousse*, pour ne citer que l'un des succès les plus emblématiques de l'art et la manière de Patrick Sébastien, suffisait à ancrer la mélodie voire les paroles du refrain dans la mémoire de n'importe qui – le jeune homme promit à son voisin une rapide satisfaction du souhait exprimé. Dès le lendemain, il se rendit à la FNAC car il rechignait à procéder à des achats en ligne quand de vrais commerces pouvaient fournir les mêmes produits. D'ailleurs, la FNAC était sans doute le dernier endroit dans la ville où l'on était susceptible de trouver encore des CD, support largement abandonné par les nouveaux consommateurs au profit des sites de streaming. Même si les rayons dédiés aux CD étaient maigres, Alexandre eut du mal à dénicher ceux abritant les œuvres de Patrick Sébastien. Bêtement, à cause d'une fierté mal placée, il n'osa pas demander de l'aide à l'un des rares vendeurs présents. Alexandre ne se considérait pas comme quelqu'un de snob, mais il ne s'imaginait pas prononcer une phrase aussi simple que « Pardon, pourriez-vous me dire où je peux trouver des CD de Patrick Sébastien ? » Ne sachant que choisir parmi la pléthore de compilations, il en embarqua trois en ayant pris soin de vérifier que les chansons les plus célèbres, dont *Tourner les serviettes*, étaient bien présentes.

Satisfait de cette opération rondement menée, il se dirigea vers les caisses du rez-de-chaussée. Délaissant les caisses automatiques (c'était un autre de ses petits principes auxquels il s'efforçait d'être fidèle : toujours privilégier les caisses avec des humains à celles automatisées), il s'engagea dans la file d'attente de la seule caisse disponible. Quatre ou cinq clients patientaient devant lui. À ses côtés, il remarqua une petite dame d'une cinquantaine d'années que son âge n'autorisait pas à lui griller la politesse. En réalité, en se faufilant auprès de lui, elle voulait le féliciter pour son choix.

— Moi aussi, j'aime beaucoup Patrick Sébastien. Il est drôle…

Alexandre se contenta de lui sourire en hochant la tête. N'étant pas un authentique admirateur de l'artiste, juste un acheteur occasionnel, il ne voyait pas l'intérêt de nouer ici une fausse connivence. La file n'avançait plus. Devant lui, une femme coiffée d'un béret, avec une pile de livres sous le bras gauche, consultait sa montre et tendait la tête afin de discerner la cause du ralentissement. Elle soufflait, regardait si les caisses automatiques étaient plus fluides. Il la reconnut enfin. Revoir Mara avait été son souhait le plus cher depuis leur rencontre, mais revoir la fan d'Ed Motta et de Joni Mitchell en exhibant trois CD de Patrick Sébastien dans la main gauche n'était pas la circonstance dont il avait rêvé. D'un instant à l'autre, elle allait se retourner et penser à tort, elle aussi, qu'il était en réalité un fan inconditionnel de l'auteur du *Petit bonhomme en mousse.* Juste avant qu'elle ne se retourne, il posa les CD de Patrick Sébastien au sol. La chorégraphie parfaite des deux actions eût mérité de figurer dans un suspense hollywoodien, du genre *Mission : Impossible*, quand tout se joue en quelques secondes décisives. Un geste moins assuré, une hésitation et des destins basculent dans l'irrémédiable.

— Oh, Alexandre, mais quelle joie, comment allez-vous ?

— Bien, très bien. Vous achetez des livres ?

— Oui, comme vous le voyez, et vous ? répondit-elle en constatant qu'il avait les mains libres.

— Euh, je vais demander un renseignement.

— À la caisse ? Mais adressez-vous plutôt à un vendeur, ce sera plus rapide.

— On m'a dit justement de venir à cette caisse.

— Ah, d'accord, dit-elle, dubitative.

Mieux valait passer pour un nigaud ou un original plutôt que pour un fanatique de Patrick Sébastien. Hélas, le stratagème fut réduit à néant. La petite dame derrière lui se chargeant de rappeler au distrait les CD à ses pieds.

— Monsieur, n'oubliez pas vos disques de Patrick Sébastien…

De plus, l'inconnue les avait ramassés et les tendait à leur très prochain acheteur. Celui-ci les prit sans oser prétexter un hypothétique malentendu dont les justifications auraient vraisemblablement tourné en sa défaveur en ajoutant à sa confusion.

— En fait, ce n'est pas pour moi, mais pour un ami, dit Alexandre à Mara en sentant ses joues rosir.

— Je comprends, se contenta-t-elle de répondre en étouffant un pouffement.

— Mais c'est vrai, ils sont pour monsieur Fernand, un voisin auquel je les ai promis…

— De toute façon, tous les goûts sont dans la nature, comme on dit. Voyez-vous, moi j'aime les chansons de Bourvil. Et dans un autre genre, j'ai un petit faible pour Kylie Minogue, alors…

— Je ne mens pas. Je n'écoute pas Patrick Sébastien !

Là, Mara éclata de rire et Alexandre la copia dans un registre plus discret.

— Vous ne me croyez pas, venez, je vous offre un café, je vais vous expliquer les tenants et les aboutissants de cette embarrassante histoire.

Quelques minutes plus tard, ils étaient attablés à l'intérieur du bar *Les Américains* à côté de la FNAC. Elle commanda une pression, lui un chocolat. En apportant les boissons, le serveur déposa la bière comme par réflexe devant Alexandre. Il corrigea : « Non, c'est pour la demoiselle. » Ils sourirent. Mara fut vite convaincue par les explications d'Alexandre. D'accord, il n'était pas un amateur honteux de Patrick Sébastien, mais elle trouva adorable sa gêne de tout à l'heure. Ce petit garçon pris en faute, qui plus est pour une faute qu'il n'avait pas commise, elle avait envie de le prendre dans ses bras et même de l'embrasser. Fine mouche, Alexandre saisit dans le regard de Mara son intention générale à défaut d'en deviner les détails. Il lui proposa de l'inviter à dîner au *Rocher de la Vierge*, petit restaurant goûteux situé non loin de la basilique Saint-Sernin, ce qu'elle accepta de bonne grâce. Dehors, le jour n'avait pas encore abdiqué, le ciel se colorait de stries orangées. Dans la rue du Taur, elle le prit par le bras avec la douce autorité d'une maîtresse d'école ou d'une mère. Ils ne parlaient plus. Arrivés face à la basilique, l'espace d'un instant, de cet instant, Alexandre accueillit la beauté du quartier comme si c'était la première fois.

Chapitre XII

Ne connaissant pas les habitudes matinales de Mara, Alexandre la réveilla en lui apportant un plateau avec un café, un thé et un jus d'orange. Elle but les trois en affichant une mine d'enfant mal réveillé, mais heureux. Oscar, surpris la veille par la présence de l'inconnue, avait dormi sur un autre lit ou un canapé, mais se présenta au matin dans la chambre de son maître.

— Qu'il est beau, viens-là minou, dit Mara en achevant son café.

Oscar obéit, récolta des caresses auxquelles il répondit par des ronronnements ostentatoires et des petits mouvements de tête contre la main de la jeune femme qui l'invitaient à continuer. Les hommages félins effectués, Alexandre annonça qu'il était huit heures. Mara passerait chez elle pour se changer, le temps était compté, elle avait cours à dix heures. Ils enregistrèrent leurs numéros de téléphone respectifs, puis se quittèrent sur le pas de la porte de l'appartement. Dans l'escalier en bois, les claquements des bottines de Mara n'avaient pas l'écho d'un adieu, plutôt celui d'un « à bientôt ». Ils se retrouvèrent le soir même et le lendemain aussi. Le vouvoiement avait cédé la place au tutoiement. On ne saurait dire la grâce des amours naissantes sans souligner l'inconnu et par là même la découverte qui guident alors les êtres. Ils avancent à tâtons, se confient, se défilent. Des silences recouvrent des aveux et vice versa. Jusqu'où faut-il aller avant que tout ne soit facile et donné dans l'instant ?

Très vite, ils ébauchèrent des projets de week-ends et de voyages. L'emploi du temps de Mara n'était pas aussi souple que celui d'Alexandre, toutefois elle ne travaillait pas le vendredi et il y avait les vacances scolaires. Pour leur premier voyage, ils choisirent Séville. Un peu plus d'un an avant, Alexandre s'y était rendu durant cinq jours afin de suivre les corridas à la Maestranza avec Arnaud comme guide et initiateur. Si ce dernier était un *aficionado* et avait choisi des places idéales, à l'un des premiers rangs face à la porte du toril, ce fut le baptême d'Alexandre. De la corrida, il n'avait eu qu'une connaissance livresque par quelques auteurs dont Hemingway ou Manuel Chaves Nogales. Il ne partageait pas le désir d'interdiction de cette tradition qui se propageait en Espagne comme en France, mais il n'avait jamais assisté à ce qui se déroulait dans une arène. Supporterait-il le sang, la mise à mort ? La naissance de l'agneau dans le film *Mektoub, My love* d'Abdellatif Kechiche l'avait bouleversé et la souffrance des animaux, en particulier dans les élevages industriels et les abattoirs, le révulsait. À l'entrée dans l'arène du premier taureau, de son premier taureau, il eut des frissons et retint des larmes.

Le souffle, l'odeur, la fougue de l'animal : le béotien les avait sentis jusqu'au plus profond de son être. Quelque chose d'archaïque et de terriblement vivant se jouait sous ses yeux. C'était violent et pourtant d'une noblesse difficile à expliquer. Le péril, la puissance sauvage des taureaux, la mort, les rites obligés : cela ne se partageait pas, sinon dans cette enceinte qui ressemblait à une église païenne. Quand il observait les gradins de la Maestranza, un détail le frappait. Personne ou presque ne photographiait ni ne filmait le spectacle avec son téléphone. Le public n'était pas constitué de voyeurs, de sadiques, de buveurs de sang. Une communion plus secrète se nouait ici. Pour Alexandre, ce fut comme une révélation.

En revanche, les deux amis n'eurent pas le temps – à vrai dire l'envie, car la fréquentation des bars et restaurants les occupait aussi beaucoup – d'aller voir un match du FC Séville ou du Bétis. Coquets, ils s'achetèrent des chemises au Corte Inglés ainsi que des cravates dans une boutique nommée Francisco Pavon. « Tu crois que c'est l'ancien défenseur du Real Madrid qui a créé la marque ? » demanda Arnaud en raison de l'homonymie troublante avec ce joueur qui avait fait le bonheur du club madrilène à l'époque où Zidane menait le jeu des « Galactiques ». Le mystère ne fut pas éclairci. Ce qui n'empêcha pas Alexandre de tomber amoureux de Séville où il s'imaginait vivre. Lui qui aimait tant la Méditerranée avait l'impression qu'elle poussait ses eaux jusque dans cette ville uniquement bordée par un fleuve. Il brûlait maintenant d'y revenir avec Mara. Ce qui fut fait en ce mois de mai durant lequel les grandes chaleurs estivales n'accablaient pas encore l'Andalousie. Ils prirent un vol à la mi-journée à l'aéroport de Blagnac. Peu avant l'embarquement, le téléphone d'Alexandre vibra. La photo d'une plage s'afficha avec le message « The good life à Juan les Pins. Bises ». Un SMS de son père. Il l'avait presque oublié celui-là. Il s'en voulut un peu de cet oubli relatif, puis s'en voulut de s'en vouloir. Le père indigne n'allait pas gâcher son bonheur naissant.

À Séville, en bons touristes, ils visitèrent les lieux incontournables. À l'écart de ces parcours balisés, Alexandre tint cependant à amener Mara sur une partie de l'ancien site de l'exposition universelle de 1992. Lors de son précédent séjour, il avait photographié à satiété ces infrastructures abandonnées pour la plupart depuis l'événement. De ces bâtiments et quartiers désormais désertés se dégageait une atmosphère particulière digne d'un décor de science-fiction. On aurait pu tourner là un film post-apocalyptique. Ils ne croisèrent ni n'aperçurent aucune présence humaine pendant leur déambulation. De rares voitures garées attestaient toutefois d'une maigre activité, sans doute celle de gardiens ou de vigiles. Bien qu'invisibles, on pouvait les imaginer veiller sur le site en observant dans un local leurs caméras de surveillance. Peut-être aussi que quelques sociétés avaient trouvé dans le *no man's land* des bureaux à louer à bas prix. Ils quittèrent cette solitude très moderne pour renouer avec le cœur vivant de la ville. Sur la Plaza de Armas, chacun fit un vœu. Sur la terrasse de l'hôtel *Inglattera*, ils burent des cocktails compliqués en regardant le soleil décliner lentement. La main de Mara dans la sienne, leurs joues et leurs lèvres se frôlant, la lumière tombant en lisière : Alexandre n'oublierait jamais cela, cette dépendance consentie, cette insolente harmonie.

Quinze jours plus tard, ils se rendirent à Biarritz où les attendait Emma, l'une des meilleures amies de Mara, pharmacienne de son état. Retenu par une interview qu'il devait réaliser en fin de matinée, Alexandre prendrait un train à treize heures et Mara le récupérerait à la gare avec la vieille Coccinelle bleue qui avait appartenu à ses parents. La première fois qu'il vit la voiture, il fut ébloui, ne pouvant imaginer véhicule mieux adapté à la jeune femme, être décalé avec discrétion, manière de séditieuse tranquille et mutine. Dans le wagon, Alexandre avait en face de lui un homme de son âge, d'allure sportive et sympathique. Sur sa droite, trois étudiantes – enfin, il les imaginait étudiantes – étaient penchées sur leurs portables. Au premier arrêt, un jeune Noir vint s'asseoir à la gauche d'Alexandre. Après s'être levé pour que le nouveau venu s'installe, il se replongea dans la relecture de *L'Horizon chimérique* de Jean de La Ville de Mirmont – hygiène littéraire qu'il s'imposait une fois l'an – avant qu'une jeune fille se présente et n'indique à son voisin qu'il occupait sa place. Elle ne s'en offusqua pas, s'assit sur le fauteuil libre auprès des trois autres et précisa juste qu'elle récupèrerait son siège si le compartiment devait être plein au gré des arrêts.

À peine posé, le voisin d'Alexandre passa un appel téléphonique puis un autre et encore un autre. Visiblement, l'individu avait décidé de profiter du voyage pour faire le tour de son répertoire téléphonique. Les premiers coups de fil ne trouvèrent que des répondeurs auxquels était livré le même message : il allait passer le week-end à San Sebastian, il ne connaissait pas l'Espagne et la destination lui avait été recommandée, il rappellerait. Il précisait bien aussi qu'il était dans le train – détail qui exaspérait encore plus Alexandre puisque l'importun avait donc conscience de la gêne occasionnée. N'osant lui intimer d'arrêter ses appels, il posait son livre avec ostentation, soufflait, dévisageait le maniaque du téléphone qui ne s'en rendait pas compte. Au fil des appels, des gens décrochaient. À des échanges brefs ponctués d'un « Ah, tu n'as pas le temps… » ou d'un « À plus tard alors… » succédaient des conversations plus consistantes. De sa voix flûtée, presque enfantine, l'homme débitait sensiblement le même propos. Cela commençait par « Coucou, ça va ? » et s'achevait par « Bisous, tchao tchao ». Entre les deux phrases, un récurrent « On s'appelle pas souvent » soulignait la minceur des liens entre les interlocuteurs.

À chacun, il promettait pourtant de rapporter un cadeau de son séjour : un souvenir, un saucisson, « un pâté negra d'Andalousie »... Lui qui travaillait dans un restaurant, sans doute plus à la plonge que dans les cuisines, n'avait « pas beaucoup de sous », mais se débrouillerait. Des propos plus intimes s'invitaient parfois, comme une allusion au cancer ayant emporté son père ou à la maladie frappant maintenant sa mère. Malheurs qu'il commentait par des maximes ou des phrases approximatives telles que « La caravane passe et les chiens aboient », « Je ne me suis pas encore posé sur la question » ou « À chaque jour s'essuie la peine ».

L'absence momentanée de réseau ne décourageait pas le boulet qui enchaînait alors une litanie de « Allô ? Allô ? », montait le son de l'appareil, parlait de plus en plus fort. « C'est encore moi », signalait la reprise de la conversation. Des regards mi-amusés mi-consternés s'échangeaient entre les autres passagers. Excédé, Alexandre s'imaginait prendre le téléphone de l'hurluberlu et le fracasser au sol ou bien s'emparer d'un marteau brise-vitre dont les wagons étaient pourvus afin de le tester sur le crâne du casse-pieds. Il s'imaginait encore avertir un contrôleur de la présence injustifiée de l'énergumène à ses côtés et des nuisances sonores qu'il produisait. Des envies de vengeance l'assaillaient, mais il se taisait. Moins timorée que lui, la jeune fille, qui aurait dû être assise à la place du jeune Noir, demanda poliment et fermement à celui-ci de passer ses appels sur la plate-forme voisine.

Penaud, inconscient de la gêne causée, pris en faute comme un petit enfant, il s'excusa et cessa d'user du téléphone. Orphelin de ses conversations téléphoniques, le garçon tenta alors d'en nouer de nouvelles avec ses voisins, ce qu'Alexandre et les quatre filles d'à côté déclinèrent d'un silence définitif. Seul l'homme d'en face échangea avec le nigaud en se moquant gentiment de lui et en provoquant des rires, plus ou moins étouffés, auprès de ceux qui avaient trop longtemps subi sa logorrhée. Il était bon de se soulager des désagréments du voyage par ce relâchement collectif. Une sorte de communion tacite s'exerçait autour du baudet. On aurait presque aimé suivre le week-end du zigoto à San Sebastian. À la gare de Biarritz, le terminus, tout le monde descendit. Alexandre n'aperçut pas la Coccinelle bleue et guetta son arrivée. Il vit le jeune Noir se diriger vers sa correspondance pour San Sebastian.

Aussitôt, Alexandre regretta ses pensées et son attitude du voyage. La vérité lui apparut dans son évidence : cet individu original était un innocent, un innocent dans le sens le plus noble et le plus évangélique du terme. Un cœur simple et pur. Et lui, comme un idiot, comme tous ces gens « normaux », qu'il abhorrait pourtant, qui ne supportaient plus la moindre différence, la moindre contrariété, il avait enragé intérieurement, s'était laissé entraîner par les pires sentiments. Obnubilé par son petit confort, il n'avait vu qu'un gêneur.

Maintenant, il se méprisait, avait honte. Il aurait aimé retrouver ce garçon, le retenir, lui offrir un café, le prévenir, lui dire qu'au Pays basque espagnol le sens de l'accueil et le goût de la diversité ethnique n'étaient pas les traits les plus répandus. Ce jeune Noir lui parut comme un colis sur lequel on a écrit « Fragile ». Qui prendrait soin de lui ? La Coccinelle bleue déboula. Ce fut un autre week-end joyeux, heureux, sur lequel flotta toujours le souvenir de cette étrange et brève rencontre avec cette part de regrets, de remords, peut-être anodins ou décisifs, que l'on ne parvient pas à chasser.

Chapitre XIII

Mara louait un T2 dans le quartier Saint-Michel, au cœur d'une longue rue sans caractère, ni commerces ou presque. Alexandre y dormait quelquefois, mais préférait quand elle venait partager le confort de son grand appartement opportunément délesté de Patrick Berthet. Pour la convaincre parfois de le rejoindre, il arguait de la nécessité de garantir à Oscar une présence humaine. Car ce chat n'était pas foncièrement un solitaire. Il avait besoin de sa dose quotidienne de caresses, d'attention, de tours sur le patio et dans les escaliers de l'immeuble. Il aimait aussi dormir avec son maître – et désormais sa néo-maîtresse – qu'il réveillait à huit heures précises, si celui-ci ne s'était pas levé avant, afin qu'il lui ouvre la fenêtre de la cuisine pour sa promenade matinale dans les parties communes. Quand il s'absentait plus de vingt-quatre heures, Alexandre chargeait monsieur Fernand ou son voisin Joël de nourrir l'animal. À Arnaud, Louis ou son amie Isabelle, il demandait de passer vingt minutes ou plus à l'appartement pour apporter à Oscar un peu de compagnie. Mara ayant cédé à la sociabilité exigeante du chat, elle acceptait volontiers de retrouver son amoureux le soir chez lui. Alexandre lui avait raconté le retour improbable de son père dans sa vie et l'avait avertie de son retour probable dans les murs d'ici peu.

— Je lui donnerai quelques jours pour qu'il trouve une autre solution. De toute façon, il ne peut pas rester ici éternellement ou aller et venir comme à l'hôtel, dit-il un soir alors qu'ils s'apprêtaient à revoir *La Grande Bellezza* en Blu-ray.

— Je ne veux pas que tu chasses ton père à cause de moi. J'ai mon appartement. On pourra y aller s'il a besoin d'être ici un moment. Je me sentirais très gênée d'avoir provoqué son départ, répondit-elle.

— Ce n'est pas la question. Ce n'est pas toi qui vas demander à mon père de partir, mais moi. Je suis chez moi, pas chez lui ni chez toi. Je fais ce que je veux.

Ébranlée par ce ton qu'elle ne lui connaissait pas, Mara se tut. Au bout de quelques secondes, alors que la scène d'ouverture du film de Sorrentino envahissait l'écran, elle se leva et prit son sac.

— Puisque tu es chez toi et que tu fais ce que tu veux, moi je rentre chez moi. Bonne soirée, lâcha-t-elle d'une voix triste en prenant son sac.

— Attends, où vas-tu ?

Évidemment, cette question était aussi superflue que stupide puisque la réponse avait été précédemment formulée, mais les moments de trouble et de surprise suscitent souvent ce genre de réaction. La porte claqua. Vexé, il décida de revoir donc seul le film. Que cette petite peste ne compte pas qu'il lui coure après. Qu'elle retourne dans son appartement d'étudiante dans son quartier pourri. C'était la troisième fois qu'il voyait *La Grande Bellezza*, mais ce soir-là les déambulations de Jep Gambardella dans Rome prirent un relief particulier. S'il n'y prenait pas garde, Alexandre finirait comme ce dandy, artiste raté un brin cynique et un peu pathétique, ayant vieilli sur pied sans s'en rendre compte, cultivant de fausses amitiés et des relations superficielles. Sans doute par égoïsme et par orgueil, Jep avait perdu son seul amour, son amour de jeunesse qui, de son côté, n'aima que lui jusqu'à son dernier souffle.

Au bout d'une demi-heure, Alexandre regrettait déjà d'avoir laissé partir Mara sans tenter de la retenir. Elle était sensible, drôle, intelligente, naturelle, généreuse, sans préjugés, très belle aussi. Et lui, comme un imbécile, il l'avait rabrouée alors qu'elle n'exprimait qu'un sentiment compréhensible, humain. Mais bon, pourquoi se vexer de la sorte et gâcher la soirée ? Sur le fond, il avait raison. Son père – d'ailleurs, elle ne connaissait pas le zigomar, c'était plus facile ainsi de prendre son parti – devait déguerpir à court terme. Après le film dont il avait décroché depuis un moment, Alexandre zappa entre les chaînes d'actualité en finissant la bouteille de morgon de Lapierre. À minuit, avant de se coucher, faisant taire sa fierté, il adressa un SMS d'excuse. « Je suis désolé si je t'ai vexée. J'ai été inutilement brutal. Pardonne-moi s'il te plaît. Je t'embrasse. »

Il dormit mal, des rêves où apparaissaient notamment son père et un Robert De Niro nain, qui l'entraînaient dans un braquage inspiré de *Heat*, le tourmentèrent. Oscar se jeta sur ses pieds au milieu de la nuit, manie qui lui était pourtant passée. La gorge sèche, Alexandre alla boire peu avant cinq heures un verre de jus d'orange à la cuisine. Son téléphone ne signalait aucun message. À sept heures et demie, il se leva la tête lourde et le cœur las. Toujours pas de message. Décidant de tromper son attente et ses regrets, il fit de longues courses au marché Victor-Hugo, s'attabla à la terrasse du *Crystal* pour lire *L'Équipe* et *Le Figaro* en surveillant son téléphone, répondit à un appel de Louis exalté en raison de l'actualité politique. Il était presque midi quand il revint à l'appartement et découvrit son père dans la cuisine en train de téléphoner. Plus surprenant encore que ce retour non annoncé était le visage de Patrick Berthet, couvert par un masque semblable à ceux qu'utilisent les chirurgiens ou que l'on peut apercevoir sous nos latitudes sur certains touristes asiatiques. Dans les séries et dans les films policiers, les enquêteurs en arboraient également lors des scènes où intervenaient les médecins légistes. Patrick Berthet, lui, avait plutôt l'allure d'un assassin ou d'un cambrioleur sur les lieux de son méfait. Ayant terminé sa conversation et baissé le masque sur le menton, il présenta à son fils l'évidence : il était rentré.

— Je n'ai pas eu le temps de te prévenir, tout va bien de ton côté ?

— Oui, c'est quoi ce truc sur ton visage ?

— Ah, oui, je teste des masques de protection. Là, c'est un FFP2, pas le plus confortable, mais le plus efficace paraît-il.

La nouvelle lubie paternelle consistait à se lancer dans le négoce des masques chirurgicaux et de leurs dérivés. Apparemment, le soleil de la côte d'Azur avait chassé les projets d'applications vinicoles, mais pas les projets farfelus. Selon l'entrepreneur, avec le renforcement de la pollution atmosphérique, il y avait avec les masques chirurgicaux un marché en devenir. Les gens seraient vite sensibles à ce simple objet qui les protégerait aussi des grippes, gastros et autres virus. D'ailleurs, son usage commun était en vigueur chez de nombreuses personnes dans certains pays d'Asie.

— Le principe de précaution, la sécurité, la santé : voilà les concepts de demain. Et la France est en retard. Bon, il faut reconnaître que c'est un peu pénible à porter au bout d'un moment, mais il y a des modèles plus ou moins souples. Puis il existe des niches de clients potentiels : les vieux, les malades, les petits enfants, les inquiets, les paranos, les écolos…

Alexandre ne prit pas la peine d'argumenter face à cette tocade totalement absurde. L'éventail des « clients potentiels » le fit même sourire. Avec un tel business plan, seul un esprit malade pouvait imaginer que des investisseurs allaient se précipiter sur l'idée de génie consistant à vouloir faire porter des masques chirurgicaux

aux Français. L'une des expressions favorites d'Arnaud lui revint : « Avec les champions, on n'est jamais déçu. » Et Patrick Berthet, à sa façon, était un vrai champion. Le téléphone d'Alexandre vibra dans sa poche au moment où il allait interroger son père sur un problème plus concret et plus important : où comptait-il se loger à l'avenir ? Un SMS de Mara. Il fila dans sa chambre pour le lire.

« Je suis désolée, mais je n'ai pas du tout aimé la façon dont tu m'as parlé. Tu t'es conduit comme un enfant gâté. Je te pardonne, mais ne recommence jamais. Je t'embrasse. » Le poids qu'il portait depuis la veille s'envola. Certes, elle était un peu revêche, injuste (« enfant gâté » lui ?), mais les liens étaient renoués, elle lui pardonnait et l'embrassait. Il répondit aussitôt en s'excusant à nouveau et en l'invitant au restaurant le soir même, ce qu'elle accepta d'un simple « OK » qui suffit à faire le bonheur du jeune homme. Maintenant, il avait envie de partager sa joie, même avec Patrick Berthet. Dans la cuisine, son masque toujours sur le menton, il fouillait dans la cave à vins réfrigérée.

— Y a plus de morgon ? Bah, un petit Château Plaisance fera l'affaire. Tu prends l'apéro avec moi ?

La proposition ne se refusait pas d'autant qu'elle était propice à de fructueux échanges. Tel un propriétaire bienveillant envers un locataire auquel on annonce que son bail vient à terme plus tôt que prévu, Alexandre mit les formes. Il avait rencontré quelqu'un, la jeune femme vivait en partie à l'appartement, une cohabitation à trois – voire à quatre si Marlène revenait – n'était pas la situation idéale, mais sans le mettre dehors – on n'était pas au jour près – il fallait que Patrick envisage un départ et un ami, Louis, pourrait sans doute le loger à son hôtel momentanément si besoin était. La nouvelle ne parut pas surprendre ni gêner son père dont le premier commentaire concerna le vin.

— Vraiment pas mauvais, ce fronton, je me ressers... Dis donc, c'est bien que tu aies quelqu'un, et elle s'appelle comment la demoiselle ?

— Mara.

— C'est quoi comme prénom ? C'est français ?

— Oui, tout ce qu'il y a de français.

— Très bien. Note que je m'en fiche. Elle pourrait être slovène ou équatorienne que cela ne me gênerait pas.

— Je te remercie, répondit Alexandre avec un sourire dont l'ironie ne parvint pas jusqu'à son père. Et concernant ton séjour ici ?

— Ne t'inquiète pas, donne-moi juste deux ou trois jours. Cela peut être une bonne idée l'hôtel de ton ami. Sinon, je peux toujours aller chez Marlène. Ah d'ailleurs, il faut que je la retrouve. Elle est en pause jusqu'à seize heures. La petite est passée me rejoindre un week-end à Cassis, mais cela fait quinze jours qu'elle ne m'a pas vu. Elle est impatiente, tu comprends. Je ne te fais pas un dessin...

Non, merci, vraiment pas besoin de dessin, songea Alexandre. Patrick Berthet caressait Oscar qui était venu les rejoindre et se mit à jouer avec lui en balançant devant l'animal son masque chirurgical.

— Il va me manquer ce brigand, mais je viendrai te voir, minou, ne t'en fais pas.

Surtout, ne s'étonner de rien, mettre à l'écart toute susceptibilité : c'était la méthode pour supporter Patrick Berthet et ne pas se disputer à chaque instant. Il vida son second verre d'un trait et annonça dans un clin d'œil : « J'y go, le devoir m'appelle. » Partagé entre soulagement et consternation, Alexandre caressa à son tour le chat et lui dit en souriant : « Ne t'en fais pas, il reviendra te voir, je ne suis pas jaloux. » Par SMS, il demanda à Mara s'il pourrait dormir chez elle après leur dîner. Sur la messagerie de Louis, il lui rappela son offre au sujet de son père et le remercia par avance si elle était toujours valable car il aurait éventuellement recours à cette option. En attendant que le paternel débarrasse le plancher, il fallait s'adapter, aller de l'avant, trouver des concepts, comme aurait dit Patrick Berthet.

Chapitre XIV

Le dîner de réconciliation entre Alexandre et Mara se déroula dans un petit restaurant de la rue Riquet. Il lui raconta le retour du père, son histoire de masques chirurgicaux et son départ imminent de l'appartement.

— Bon, tu as réussi ton coup, dit-elle en souriant, et puisque tu ne veux pas me présenter ton père, je vais te présenter mes parents.

Elle avait prévu d'aller les voir vendredi soir ou samedi matin. Ses parents, elle lui en avait parlé. Ils vivaient dans une ferme à côté d'un petit village du Lot, cultivaient quelques hectares de blé et de maïs (accessoirement deux hectares de vignes, du Malbec, ce qui n'avait pas échappé à Alexandre). Un verger et des serres leur fournissaient aussi de quoi subvenir à leur consommation personnelle ainsi qu'à du troc avec des voisins éleveurs. Jean-Louis et Anne Maulin avaient tenu à permettre à leurs filles de choisir leur propre voie, à l'écart du travail de la terre si elles le souhaitaient, et d'ouvrir leurs horizons au-delà de la campagne où elles étaient nées, notamment lors des vacances scolaires. Bérénice, infirmière, et Mara, professeur de français, n'avaient donc pas suivi le métier de leurs parents, ce dont ces derniers tirèrent une vive satisfaction même si, d'après Bérénice, ils étaient assez avares en compliments. La rencontre avec les parents suscitait chez Alexandre une légère appréhension tempérée de curiosité. Il se dit qu'un week-end dans la nature et à l'air pur offrirait un vrai dépaysement à un urbain comme lui.

Le vendredi, en milieu d'après-midi, ils prirent donc la direction du Lot en laissant derrière eux la ville avant les embouteillages de fin de journée. Après plus d'une heure d'autoroute, la Coccinelle enchaîna des départementales puis des routes à travers des paysages qui apparurent aussi exotiques à Alexandre que le Montana ou le Kentucky. Il fallut près de trois heures pour enfin arriver au domaine des Maulin par un dernier petit chemin rocailleux. Une grande maison de plain-pied était entourée d'une immense grange et d'une non moins imposante bâtisse. En descendant du véhicule, les arrivants furent accueillis par deux bergers belges dont les aboiements alertèrent madame Maulin qui sortit de la maison suivie de son mari. Parents et fille s'embrassèrent et les présentations eurent lieu sur le perron.

— Vous connaissez le Lot ? s'enquit Anne Maulin.

— Non, je ne connaissais pas. C'est loin, mais c'est beau, se surprit à dire Alexandre tout en identifiant immédiatement l'origine de son banal commentaire. « C'est loin, mais c'est beau », c'était du Chirac. La phrase provenait d'une séquence filmée qui avait fait le bonheur de bêtisiers à la télévision puis sur le Net. On y voyait le président de la République en visite dans une campagne, sans doute de sa Corrèze d'adoption, asséner tel un robot ou un perroquet à chaque personne qu'il croisait sa formule laudative. Le montage produisait un effet comique irrésistible. Quelques années auparavant, Alexandre avait eu son « moment Chirac ». Non, contrairement à d'autres, pour des raisons politiques, mais pour la figure publique qui avait accompagné de loin son enfance, son adolescence et sa jeunesse. De ses tendres années à jusqu'à peu de temps, car l'ancien président, diminué, n'apparaissait plus guère, le jeune homme avait toujours « connu » Jacques Chirac. Pour lui, il était une sorte de personnage comique, assez voisin de Jean Dujardin dans *OSS 117* avec en sus un petit côté Mister Bean. Éminemment sympathique, gaffeur, maladroit, cynique, jouisseur, inconséquent, escroc : cet homme incarnait au final une certaine façon d'être français. Il avait épousé toutes les convictions, tous les combats : de la droite dure à la gauche molle, du souverainisme gaulliste à l'européisme, du travaillisme à la française au libéralisme anglo-saxon, de la xénophobie à l'antiracisme, de la défense des essais nucléaires à celle de l'écologie. Un vrai magicien.

On pouvait difficilement le prendre au sérieux y compris quand il voulait donner dans le grave ou le tragique. À une époque, Alexandre avait fait son miel sur la Toile de séquences et de compilations mettant en scène le grand escogriffe dans des situations cocasses. Il y avait des « classiques », comme le débat avec François Mitterrand durant l'entre-deux-tours de la présidentielle de 1988 ou comme le bain de foule dans les rues de Jérusalem en 1997 au cours duquel il houspillait dans un anglais très approximatif les agents de sécurité israéliens. Des pépites plus ou moins connues avaient sa préférence, à l'instar de la réception de Madonna à l'hôtel de ville de Paris en 1987 félicitée par l'homme politique, pour un chèque en faveur de la lutte contre le sida, en des termes délicieusement surannés tels que « C'est vraiment chic, c'est vraiment sympa ». Bien plus que sa marionnette aux Guignols de l'info de *Canal+* ou que les imitations d'humoristes, Alexandre aimait le vrai Chirac, ridicule et attachant.

Bon, il était très probable que les parents de Mara n'aient pas repéré l'emprunt d'Alexandre au répertoire chiraquien, ce dont il se félicita car la politique se révélait rarement une bonne introduction entre des inconnus. Ils s'installèrent dans un salon qui sentait le feu de bois pour prendre l'apéritif. Alexandre choisit un Ricard, boisson qu'il pensait adaptée à la ruralité, tandis que du vin blanc réunit les suffrages de la famille Maulin. Les boissons servies, Mara s'adressa à son ami.

— Tu n'as rien oublié ? Alexandre vous a apporté quelque chose. Il n'a pas voulu me dire ce que c'était…

— Ah oui, pardon, je vais le chercher, tu me donnes les clés de la voiture s'il te plaît ?

Que l'on appelle cela Dieu, le hasard ou le destin, la vie nous réserve parfois une conjonction parfaite, quelque chose comme un alignement des astres. Le lendemain du dîner au cours duquel Alexandre accepta l'invitation de Mara à rencontrer ses parents, il se rendit chez monsieur Fernand auquel il avait promis quelques polars ou romans noirs qu'il ne relirait pas. Le petit appartement de son voisin, où il s'était rendu une dizaine de fois, tenait à la fois de la maison de poupée et du cabinet de curiosités. Collectionneur d'objets disparates, son propriétaire accumulait un bric-à-brac de babioles, à l'image d'une collection de cochons sous toutes leurs formes : porte-clés, figurines, étiquettes de bouteilles, tire-bouchons, peluches… Le réfrigérateur arborait une bonne centaine de magnets, les murs étaient couverts de toiles offrant une stupéfiante variété de styles, des petites voitures de collection rappelaient que monsieur Fernand avait été un enfant.

Quand Alexandre arriva avec sa dizaine de livres, le maître des lieux était en train d'examiner des reproductions en bois de bateaux de pêcheurs ou de voiliers. De dimensions variées, de moins de dix centimètres à cinquante centimètres, les embarcations portaient chacune sur le côté le nom d'une île, d'un port, d'une ville côtière. Un brin kitsch, surtout par leur accumulation, ces gadgets touristiques étaient toutefois charmants. La mort dans l'âme, monsieur Fernand envisageait de s'en séparer car ils prenaient trop de place et proposa à Alexandre d'en prendre un ou plusieurs si le cœur lui en disait. Par courtoisie, il examina quelques spécimens avant de décliner quand un bateau attira son attention. Entre un Patmos, un Napoli et un Majorque, il repéra un Peniscola.

Avant de connaître Mara, il n'avait jamais entendu parler de ce village espagnol de la Costa Blanca orné d'une cité médiévale surplombant la Méditerranée. Anthony Mann y avait tourné *Le Cid* en 1960 et plus récemment la série *Game of Thrones* avait utilisé les décors naturels du vieux village. De l'âge de dix à treize ans, Mara y avait passé des vacances d'été qui comptaient parmi ses plus beaux souvenirs. Ses parents avaient découvert Peniscola avant la naissance de leurs filles et avaient tellement aimé le site qu'ils voulurent plus tard le faire découvrir aux enfants. Peniscola, pour Mara et ses parents, représentait l'Espagne absolue, une Espagne intime et magnifiée par la nostalgie, pleine de déjeuners de soleil, de baignades et de châteaux de sable. Par cette simple indication géographique, le bateau de trente centimètres prenait une valeur sentimentale inestimable. Alexandre ne laissa pas passer l'occasion. Un clin d'œil personnel, comme ce bateau Peniscola, toucherait plus les parents de Mara qu'un banal bouquet de fleurs ou qu'une bouteille de vin. Fier de sa trouvaille, il la tint secrète à Mara tout en lui promettant une surprise : « Ce n'est qu'une bricole, rien de clinquant, mais tu verras, je pense que tes parents n'y seront pas insensibles… »

Dans le coffre de la voiture, il extirpa le cadeau du sac en papier et contempla une nouvelle fois l'objet. Un sentiment d'effroi lui glaça le dos. Était-ce le livre de poche ou bien le magazine, qu'il avait également rangés dans ce sac, qui avait écaillé la peinture fragile du vieux bateau ? En tout cas, celui-ci ne se nommait plus « Peniscola », mais « Penis ». Offrir un tel objet aux parents de sa tendre amie, qui plus est lors de la première rencontre, lui parut totalement exclu. Au mieux, il passerait pour un farceur de très mauvais goût, au pire pour un obsédé sexuel. Il revint dans le salon en ayant rodé un prétexte aussi simple qu'efficace expliquant la disparition du cadeau promis.

— Je suis vraiment désolé, mais je l'ai oublié chez moi…, annonça-t-il en tendant les clés à Mara.

— C'était dans la poche en papier marron, non ? Je l'ai vue dans le coffre, j'avais mon sac à côté.

— Non, je t'assure, j'ai regardé partout, je l'ai oubliée.

— Je suis pourtant sûre de l'avoir vue, je vais la chercher.

— Pas la peine, je te promets.

— Mais je ne suis pas folle, je te jure qu'elle est dans le coffre.

— Non, Mara, attends…

Trop tard. Les parents de Mara le fixèrent d'un air étrange. Leur fille revint triomphante en brandissant le sac en papier.

— Alors, qu'est-ce que je disais ? Bon, montre-nous ton cadeau, tu as aiguisé notre curiosité !

Avec la résignation d'un condamné montant à l'échafaud, il prit le sac en papier et en extirpa penaud le présent qu'il tendit à Anne Maulin. Elle haussa les sourcils et planta son regard dans celui d'Alexandre sans rien dire. Le père s'approcha et commenta : « C'est un drôle de nom pour un bateau. » Avant que Mara ne découvre l'objet du délit, Alexandre se lança dans des explications.

— Alors, en fait, au départ il y avait écrit « Peniscola » et comme Mara m'avait dit que...

Des rires chassèrent la gêne du malheureux. On le remercia tout de même. « J'arrangerai ça », annonça Jean-Louis Maulin. Mara enchaîna par l'histoire des CD de Patrick Sébastien. Finalement, Alexandre entrait dans la famille Maulin par la porte « Comique malgré lui ». Son côté Chirac.

Chapitre XV

En dépit du léger désagrément lié au bateau, le week-end se déroula pour le mieux au gré de balades, de copieux repas, de siestes, de séances de lecture sur la terrasse ou dans le jardin entourant la maison. Alexandre découvrit la chambre de Mara, celle où elle fut une petite fille, une adolescente, puis une lycéenne. Des photos punaisées sur un tableau en liège attestaient de ce passé qui était pour lui un roman inconnu. Il y avait des goûters d'anniversaire, des jeux sur la plage (Peniscola ?), Mara chevauchant un poney guidé par son père… Adolescente, elle affichait déjà ce naturel et cette beauté sans affectation qui avaient tant touché Alexandre. Sur la plupart des clichés, une gamine plus petite, aussi brune que Mara était blonde, l'accompagnait.

— C'est ma sœur Bérénice, elle est belle non ?

— Oui très, dit-il, sans oser ajouter : « mais moins que toi ».

Un autre cliché la montrait sous des tilleuls devant un cours d'eau, tout sourire, les bras levés comme si elle venait de terminer un numéro de danse ou de gagner un trophée. Elle devait avoir onze ou douze ans, la lumière était celle d'une fin d'été. Tout dans cette photo reflétait un bonheur sans inquiétudes, la douceur de septembre, l'insouciance. En l'observant, on sentait le parfum des tilleuls, on entendait l'eau de la rivière.

Durant le week-end, il chercha des ressemblances entre Mara et ses parents, mais n'en trouva pas. Et lui, ressemblait-il à ses parents ? Non, il ne pensait pas. Cependant, l'on est souvent le moins bien placé pour discerner des traits communs, une démarche, le reflet d'un regard, la forme d'un menton, l'inflexion d'une voix. Quand Alexandre voyait le visage de son propre père, un parfait étranger lui apparaissait. Le plus important était sans doute ailleurs que dans l'air de famille. De quoi héritait-on de ses parents au-delà éventuellement du physique ? Du caractère, des sentiments, de gestes ? Étaient-ils transmis par les gènes, le mimétisme, l'éducation ?

Plus que jamais, à cet âge de la vie où tout est encore promis, Alexandre se sentait orphelin, ce qu'il n'était pas ou plus vraiment. Il avait envie qu'on lui parle de l'enfant qu'il avait été, de sa mère, de son père, de leur vie qui avait dû être heureuse, au moins à une époque ou par moments. Par timidité, pudeur et crainte d'être déçu, il n'imaginait pas demander cela à Patrick Berthet. Ce dernier se souvenait-il même de ce temps ? À qui s'adresser ? Sûrement pas à oncle Jacques. Tatie Françoise n'allait pas très bien en ce moment et évoquer sa sœur défunte n'arrangerait pas ses penchants neurasthéniques.

Tatie Florence était la seule à pouvoir peut-être satisfaire son manque. Lors du dernier déjeuner familial, elle s'était montrée la moins rétive devant les retrouvailles d'Alexandre et de son père. Ces pensées tournaient dans la tête d'Alexandre alors que la Coccinelle de Mara avait pris le chemin du retour.

— Ça va? Tu as l'air soucieux, tu ne dis rien. Tu as passé un mauvais week-end chez mes parents?

— Non, non, je t'assure. J'ai passé un excellent week-end et tes parents sont très gentils. Je pensais aux miens justement. Je ne les ai presque pas connus et c'est encore pire, si je puis dire, depuis que mon père est revenu.

— Cela te rend triste? Tu n'as qu'à parler à ton père...

— Ce n'est pas de la tristesse, c'est autre chose. Quelque chose qui te manque et que tu ne connais pas. Tu sais, j'avais lu quelque part que des gens auxquels on avait amputé un membre ressentaient des douleurs à l'emplacement de ce membre qui n'existait plus. C'est un peu ce que je ressens. Quant à parler à mon père... Tu comprendras quand tu le verras. Non, je pensais aller voir ma tante Florence.

— Fais-le, mon cœur. Et ton père, il est où en ce moment?

Patrick Berthet avait quitté le dimanche après-midi l'appartement de son fils. Malgré le réseau téléphonique parfois défaillant dans le Lot, Alexandre avait échangé via des SMS avec son père et avec Louis qui lui avait trouvé une chambre dans son hôtel. Le lundi matin, il appela son ami pour le remercier et lui dire de prendre garde à ce que l'invité n'élise domicile durablement à l'hôtel.

— Ne t'en fais pas. Il est super sympa. Hier soir, il m'a invité à boire un coup, enfin plusieurs. On a fait la tournée des grands ducs. On s'est bien marré. Et tu ne m'avais pas dit que ton père était monarchiste !

— Monarchiste, mon père ? Il ne doit pas savoir ce que cela veut dire.

— Tu plaisantes ? Il a été camelot du roi quand il était étudiant. Il m'a fait mourir de rire en disant : « Il pleut sur la France depuis 1789 ».

Décidément, son père s'intéressait à tout le monde, aux serveuses, aux inconnus, à Louis XVI, aux amis d'Alexandre, sauf à son propre fils. Jaloux de cette intimité entre Louis et Patrick Berthet, le fils bafoué mit fin à la conversation.

— Bon, je te laisse, j'ai du boulot. À plus.

Après ce qu'il prit comme un nouvel affront, il téléphona à sa tante Florence et lui demanda si elle accepterait de lui parler de ses parents. Elle répondit favorablement en proposant à son neveu de venir vers midi chez elle le surlendemain.

— On va déjeuner à la bonne franquette, je n'ai pas de rendez-vous avant quatorze heures trente, on aura du temps devant nous, annonça la dermatologue en débarrassant son neveu du kouglof qu'il avait amené pour le dessert.

Alors qu'ils prenaient un verre de blanc dans la cuisine, le portable de Florence sonna. Sa fille Laura hurlait, presque hystérique. Il était question de son abonnement à la salle de sport que la mère n'avait pas réglé ce mois-ci.

— Oui, ma chérie, tout de suite, ma poupette…

Poupette lui raccrocha au nez, ils passèrent à table et, au moment du dessert, la cousine fit irruption.

— Tu ne m'as pas dit tout à l'heure que tu venais déjeuner ma chérie, tu veux du poulet ? s'enquit sa mère.

— Non, t'inquiète, c'est cool, je suis juste venue pour que tu me fasses le chèque des billets d'avion pour Nice.

À la mi-juillet, Laura, son petit ami et un autre couple allaient séjourner une dizaine de jours dans la résidence secondaire de sa grand-mère paternelle non loin de Nice. Florence devait donc régler les frais de transport de sa fille et de son copain. Outre le fait d'être gratuite, la vaste villa présentait l'avantage d'être dotée d'une belle piscine et d'un confort très enviable. Florence suggéra à sa fille d'amener avec elle sa grand-mère, Marie, veuve depuis cinq ans, qui lui prêtait gentiment la maison et qui serait ravie de rompre sa solitude en profitant du soleil de l'arrière-pays niçois et en voyant sa petite-fille. Laura leva les sourcils comme devant un domestique ayant outrepassé les usages.

— Ça va pas le faire, oublie tout de suite. Non, non, pas question, *no way*, *out*. Passe à autre chose, enchaîna-t-elle sans se départir de son air de diva outragée même si le terme de diva – qui renvoya longtemps dans l'imaginaire collectif à des personnalités comme Maria Callas – ne convenait plus vraiment pour désigner les manières de gougnafiers, d'enfants gâtés d'une génération dont les modèles, le langage, les attitudes provenaient plutôt de la télé-réalité et des magazines people. On aurait dit Beyoncé ou Kim Kardashian auxquelles on aurait proposé de prendre un métro ou un RER aux heures de pointe. Florence n'insista pas, le monstre d'égoïsme et d'ingratitude avait tranché, mais Laura argumenta plus avant son refus radical. Elle et ses amis allaient « se poser en mode grosse bringue », « des teufs tous les soirs » étaient prévues. Nul besoin de préciser que la présence d'une octogénaire, fût-elle la propriétaire des lieux et la grand-mère de Laura, dans une villa de plus de trois cents mètres carrés et comprenant une dizaine de chambres (Alexandre connaissait la villa pour y avoir séjourné, enfant), était totalement inconcevable à ses yeux. Amusé devant le spectacle donné par sa cousine et la soumission de sa tante aux volontés de la jeune femme, Alexandre ne se permit toutefois pas la moindre réflexion ni le moindre commentaire. À chacun sa croix.

Et encore, il ne connaissait pas le petit ami de Laura, un certain Jean-Charles, qui vivait aux crochets de ses riches parents occupant un somptueux hôtel particulier, dans le giron familial depuis des siècles. Habitué dès l'enfance à être servi par de nombreux employés de maison, « Jicé », comme aimait le surnommer Laura, exprimait un détachement suprême envers les petites contingences de la vie ordinaire. Ainsi, il ne s'abaissait jamais chez Florence à accomplir des gestes aussi élémentaires qu'aider à mettre la table ou la débarrasser lorsqu'il venait dîner, ni passer un plat ou couper du pain. Le jeune homme de vingt-cinq ans, qui envisageait de monter une start-up dans le domaine des services à domicile ou de lancer une chaîne de restaurants végétariens, ébauches de projets surtout destinés à rassurer ses parents, affichait une indolence peu compatible avec son profil de futur entrepreneur. Florence n'osait pas trop faire de remarques à celui qui se conduisait comme une sorte de pacha moderne, mais – il est vrai – sans aucune morgue. D'un tempérament avenant, masquant son inutilité fondamentale derrière une sympathique bonhomie, Jean-Charles donnait le change à son hypothétique future belle-mère en faisant mine parfois de s'offusquer timidement des manières de sa dictatrice en herbe de fille. À l'occasion, il prenait même la peine de lever les yeux au ciel ou de hocher la tête en forme de désapprobation quand elle se montrait trop odieuse envers sa mère. Donner de minces gages à celle-ci sans pour autant oser s'opposer frontalement au tyran domestique : la tactique fonctionnait plutôt bien. Ce petit malin avait le sens de la stratégie.

Laura partie, Florence et Alexandre reprirent leur conversation. En quittant sa tante devant son cabinet de dermatologie de la place des Carmes, il repensa à tout ce qu'elle lui avait dit. Rien de vraiment essentiel ni de déterminant – il n'attendait pas cela de toute façon –, mais une foule de détails, de précisions, de pistes, d'informations qui ouvraient la voie à d'autres interrogations en quête de réponses pour remplir des blancs et des mystères. En arrivant devant chez lui, Alexandre découvrit un SMS de son père. Dans deux jours, le vendredi 17 juin au soir, il l'inviterait au restaurant pour fêter son vingt-septième anniversaire, « avec ta copine, bien sûr » concluait-il. Il avait oublié le prénom de Mara, évidemment, mais Alexandre fut touché par l'attention. Il accepta aussitôt l'invitation en répondant « *Perfecto* ».

Chapitre XVI

La conversation avec Florence avait ressuscité un temps qu'il n'avait pas connu, celui où ses parents s'étaient rencontrés. C'était fin 1986 ou début 1987, elle ne se souvenait pas exactement, mais elle était sûre du lieu : *Le Holy Day*, un bar de nuit branché qui n'existait plus.

— Ton père était assez flamboyant, beau gosse, mais nos parents, surtout ton grand-père – je crois que maman se serait plus accommodée de la situation – n'aimaient pas trop le côté saltimbanque du petit ami de leur fille. Ta tante Françoise était déjà mariée avec son chirurgien, c'était très chic aux yeux des parents, moi je continuais sagement mes études et papa craignait que Patrick ne soit pas assez bien, comme on dit, pour une jeune avocate prometteuse. Puis, il avait peur aussi que sa fille ne soit à ses yeux qu'un « bon parti », il redoutait qu'il ne vive à ses crochets ou qu'il ne vise la fortune familiale. Notre père a mis son *veto* au mariage, Emmanuelle n'a pas voulu passer outre, mais elle a tenu à ce que tu portes le nom de ton père. Pour défier sa famille et montrer que, mari ou pas, Patrick était l'homme de sa vie. Ton oncle Jacques aussi était remonté contre lui, il ne l'avait jamais aimé, il disait qu'il n'était qu'un flambeur, un matamore, un m'as-tu-vu.

Alexandre ne put s'empêcher de sourire.

— Et c'était vrai ?

— Non, pas du tout. Il faisait parfois le malin, il avait la repartie facile, roulait dans une voiture de sport – une Spitfire, je crois, enfin un coupé de ce genre qu'il a vendu assez vite – et se moquait des conventions. Quand Emmanuelle l'a connu, il était gérant d'un magasin de vêtements de la place Saint-Georges grâce au père d'un ami à lui. La boutique était assez classe, mais dans la famille cela faisait quand même un peu romanichel, c'était déchoir. Chez les Rives, on ne vendait pas des chemises ou des pantalons. Tes grands-parents, mais aussi Jacques et Françoise, étaient très attachés aux apparences, au vernis social. Moi, j'étais la seule à m'en ficher à partir du moment où ma sœur était heureuse.

— Et elle l'était ?

— Oui, bien sûr. Patrick la sortait de son milieu, lui faisait rencontrer ses amis, il avait un copain très drôle qui voulait devenir écrivain, un autre qui organisait des concerts en ville. Il connaissait des gens de toute sorte. Surtout, s'ils n'avaient pas été heureux, tu ne serais pas là. Tu n'es pas l'enfant du hasard, tu sais.

Cette phrase lui serra le cœur. Il en chassa les échos par une autre question.

— Pourquoi est-il parti alors ? Maman te l'a dit ?

— Non, je ne sais pas, vraiment pas. Je me souviens qu'elle était préoccupée, que quelque chose n'allait pas, mais elle ne m'a jamais dit si cela était lié à leur couple, aux affaires de ton père, à autre chose. Ta mère pouvait être très mutique, secrète, même avec moi. Ton père était dans l'exubérance, la faconde, il avait mille idées tout le temps. Juste avant qu'il ne s'en aille, il était obnubilé par la téléphonie mobile qui n'en était qu'à ses balbutiements et il cherchait des investisseurs pour ouvrir des magasins.

— C'est fou que tu te souviennes de cela…

— Tu sais, avec Emmanuelle, on était très proches, donc je voyais beaucoup tes parents et leur amie Irène, je faisais aussi la baby-sitter pour toi. Tu n'as pas oublié, j'espère…

— Non, mentit-il. C'est bizarre, mais en revanche je n'ai que très peu de souvenirs de mon père, des bribes, des images. Puis, maman ne me parlait jamais de lui. Entre nous, c'était comme un pacte tacite. Après mes treize ans environ, j'ai décidé de le chasser de mon esprit, de l'oublier et cela a plutôt fonctionné…

— Je sais. J'ai vu.

— C'est quand même hallucinant qu'il n'ait pas été là aux obsèques de maman.

— À ce moment-là, il ne vivait plus en France. Ta mère était encore en contact avec lui après leur séparation, même si elle n'y faisait que de très rares allusions. Je crois qu'il s'était installé au Brésil un certain temps, mais Emmanuelle ne m'en a plus reparlé, puis elle est tombée malade. Dans les dernières semaines, quand son état s'est aggravé et que l'on a su qu'elle n'en avait plus pour longtemps, ton oncle a tenté de retrouver la trace de Patrick, sans résultat. Plus tard, il est entré en relation avec la sœur de ton père qui vivait aux États-Unis, mais elle avait coupé les ponts avec son frère depuis des années et elle n'avait pas de nouvelles non plus. De toute façon, c'est à lui que tu dois parler. C'est lui et lui seul qui pourra te donner des réponses s'il le veut. J'imagine que ce n'est pas facile. Sois patient, tu trouveras le moment, vous trouverez le moment. Je ne pense pas que ton père soit revenu juste pour passer quelques nuits chez toi. Non ?

Oui, sur le fond, Florence avait raison. Trouver le moment : c'était autre chose. Surtout avec un olibrius comme son père. Le dîner du vendredi soir ne s'y prêterait pas. L'anniversaire d'Alexandre, la rencontre entre Mara et Patrick Berthet ne posaient pas les conditions idéales d'une telle discussion entre père et fils. Mara, quant à elle, se réjouissait de faire la connaissance du géniteur indigne. Malgré ce que son amoureux lui avait dit de la disparition de son père et de sa réapparition tout aussi invraisemblable, la jeune femme se refusait de juger *a priori*, sans sommations, l'individu en question, et plus largement les humains en général. Elle n'aimait pas les gens portant sur les autres un jugement implacable et définitif – sévérité dont ils s'exonéraient en général eux-mêmes. « Chacun a ses raisons », disait-elle sans céder pour autant à un relativisme moral. Selon elle, des choses se faisaient, d'autres non. Entre les deux options existait un éventail de nuances, d'explications, de circonstances, de possibilités, de choix avec lequel il fallait composer au mieux et qui éclairait, sans forcément les justifier, les actes, les comportements, y compris les fautes.

Le vendredi 17 juin, Patrick Berthet avait réservé une table pour trois dans un restaurant plutôt chic près de la place Wilson. L'établissement faisait la part belle aux viandes maturées, mais poissons et crustacés étaient également à l'honneur de la carte. Alexandre s'y était rendu une fois avec Louis et se félicitait d'être invité car l'addition pouvait s'envoler très vite. Quand Mara et lui entrèrent dans la salle climatisée du restaurant, Patrick Berthet était déjà là. Il se leva pour les embrasser. Il portait un chino beige et une veste en lin de la même couleur sur une chemise blanche de belle coupe. Une bouteille de champagne arriva sur leur table et le père en profita pour offrir à son fils un cadeau d'anniversaire. Il s'agissait de boutons de manchette en argent en forme de fleur de lys.

— C'est ton ami Louis qui m'a dit que tu en portais…

Ils s'embrassèrent à nouveau.

— Justement, d'après Louis, tu aurais été militant royaliste dans ta jeunesse. Il faudra que tu me racontes ça, c'est peu banal…

Patrick Berthet fit un signe de la main à la façon d'un acteur ou d'un chanteur qui a l'élégance de ne pas importuner son auditoire avec de vieilles histoires. Il préféra interroger Mara sur son métier, ses goûts, sa famille, sa rencontre avec Alexandre. Naturellement, elle raconta les anecdotes des CD de Patrick Sébastien et du bateau offert à ses parents. Ils rirent de bon cœur. Le repas – excellent : gambas et rougets pour Mara, assiettes de pata negra et côte de bœuf pour les hommes – se déroula dans l'atmosphère la plus légère et amicale qui soit. Pour la première fois depuis son retour, Alexandre était agréablement surpris par son père. Il se tenait, n'utilisait pas ses horripilantes expressions en anglais ou en espagnol, se montrait attentif, remplissait les verres quand ils étaient vides. Même le petit accroc du dessert ne vira pas au drame. Depuis un moment, Patrick Berthet se tournait vers la table située à sa gauche, où dînaient deux hommes, en dévisageant de la tête aux pieds son voisin direct. Le voisin en question, quadragénaire au teint rougeaud qui devait peser plus d'un quintal, arborait une robuste bedaine de ripailleur contenue dans un polo XXL. Décontracté, il portait un bermuda dévoilant de beaux jambons couverts de poils en guise de jambes et des tongs offrant à la vue des orteils en forme de petites saucisses rouges colorées aux nitrites.

En attendant l'arrivée d'une terrine d'agrumes au Campari, d'une salade de fruits exotiques et d'une tarte au citron, le père d'Alexandre se lança, en haussant la voix, dans une tirade sur le relâchement des tenues vestimentaires, sur le laisser-aller général qui voyait des adultes s'habiller comme des ados, des gens porter en ville des shorts, des bermudas ou des sandales comme s'ils étaient à la plage. Au cas où l'on n'ait pas compris le sens de son propos, il l'accompagna de lourds regards sur sa gauche. Évidemment, l'homme réagit et s'adressa en souriant à Patrick.

— Alors, vous n'aimez pas les bermudas ? Moi, je suis bien en bermuda, c'est confortable, surtout par ce temps…

— Oui, bien sûr, je comprends, mais laissez-moi vous expliquer. Vous savez, moi j'ai un pantalon de pyjama extrêmement confortable. En satin. Un pyjama que j'adore, vraiment. Vous n'imaginez pas à quel point je l'aime. Mais je ne me promène pas avec dans la rue et je ne le mets pas quand je vais au restaurant. Vous voyez la différence ?

— Vous diriez cela à une femme en minijupe ?

— Vous n'êtes pas une femme à ce qu'il me semble et si vous portiez une minijupe dévoilant vos jambes velues à côté de moi au restaurant, cela me gênerait tout autant.

Mara pouffa, le commensal de l'homme au bermuda aussi, l'échange prit fin avec l'arrivée des desserts. Un peu plus tard, le voisin se leva et les salua d'un « Bonne fin de soirée, messieurs-dame ».

— Vous aussi monsieur, sans rancune hein ? Mais n'oubliez pas le pantalon la prochaine fois, et de vraies chaussures éventuellement aussi, conclut Patrick Berthet.

D'autres clients sourirent. Le directeur de salle vint s'excuser auprès de Patrick.

— Je suis désolé monsieur, aujourd'hui des personnes se présentent chez nous comme si elles étaient dans un fast-food…

— C'est justement ce que je disais à mon fils et à son amie.

— La maison peut vous offrir un digestif ou la boisson de votre choix ?

— Volontiers, pour moi ce sera une chartreuse, annonça Patrick.

Une manzana et un gin tonic complétèrent la tournée offerte. Sirotant son verre, Patrick Berthet prit un air grave et dévisagea son fils.

— Bon, les boutons de manchette, ce n'est pas le vrai cadeau, enfin le cadeau le plus important. Si vous êtes libres, j'aimerais vous inviter la deuxième semaine de juillet sur la Costa Brava chez un vieil ami. Si vous ne connaissez pas, je vous ferai visiter le coin. Nous serons comme des princes avec des gens de bonne compagnie.

Alexandre se tourna vers Mara qui accepta avec enthousiasme, même si elle savait qu'elle ne viendrait pas car elle avait promis à ses parents d'être chez eux à cette période où les rejoindrait sa sœur Bérénice. Grâce à ce petit mensonge, tous trois trinquèrent donc à la bonne nouvelle. Mara et Alexandre raccompagnèrent Patrick Berthet jusqu'à son hôtel voisin sur des trottoirs encombrés par des gens qui, comme eux, sortaient du restaurant ou s'apprêtaient à gagner des bars. La ville grouillait, s'animait. Il y avait de l'électricité dans l'air, de l'énergie, de l'envie.

— Monsieur Berthet, merci pour tout, j'ai été ravie de faire votre connaissance…

— Tût tût, pas de « Monsieur », c'est Patrick. Bon, mon fils, on se tient au courant pour la suite des opérations.

Ils se firent la bise. Dans la rue, Alexandre prit la main de Mara qui lui confia que son cadeau d'anniversaire, qu'elle avait dû commander via Internet, ne lui était pas encore parvenu, mais qu'il l'aurait bientôt. Il la rassura.

— C'est toi, mon cadeau.

— Une femme-objet, donc ? Tu sais que je pourrais porter plainte pour cela ?

Ils s'embrassèrent. Pour Alexandre, cette soirée avait été son plus bel anniversaire. Du moins dans son existence d'adulte, du moins dans celle dont il avait des souvenirs. Là, à vingt-sept ans, autour de minuit, légèrement ivre, il savourait la vie immédiate et sans arrière-pensée.

Chapitre XVII

La Costa Brava, Alexandre l'avait découverte enfant. Jacques et Laurence avaient alors un grand appartement à Cadaquès. Famille et amis se relayaient, on faisait du bateau, on mouillait dans des criques, les adultes s'abreuvaient de sangria et de bière, les enfants de glaces surdimensionnées et de sodas. Le dernier été avant sa mort, Emmanuelle n'accompagnait pas son fils lors des balades en bateau. Elle préférait s'allonger au bord de la piscine pour lire, en buvant du thé. Florence restait avec sa sœur. En rentrant, en fin de journée, Alexandre retrouvait sa mère qui dormait sur un transat ou bien qui parlait à voix basse à Florence. Elle était fatiguée, devait se reposer, avait-on expliqué au petit garçon qui accepta sans se plaindre la situation. Le principal était de jouer et de se baigner avec ses cousins. À l'exception de quelques virées festives à Barcelone après ses dix-huit ans, il n'avait pas remis les pieds en Catalogne depuis son enfance. Le séjour prévu par son père renouerait avec ces heures heureuses que la mort de sa mère avait ensuite patinées de mélancolie.

Patrick Berthet avait loué une Golf cabriolet et exposa dès l'entrée sur la rocade sa conception du bonheur.

— Donnez-moi une autoroute, une bonne allemande, de l'essence et je suis un homme heureux ! Comme dans la chanson de William Sheller…

— En fait, c'est une chanson assez triste, si je me souviens bien. Cela parle d'un homme qui voudrait être heureux, mais qui n'est pas sûr d'y arriver, précisa Alexandre.

— Bon, peut-être, mais tu m'as compris. Tiens, mets la radio qu'on ait un peu de musique.

Alexandre navigua entre des spots publicitaires, du rap, des bavardages, de vieux tubes avant que son père ne fixe son choix.

— Ça c'est parfait, bouge plus.

C'était *Sarà perché ti amo* de Ricchi E Poveri, un groupe de variétés italien dont la chanson du début des années 1980 conservait une allégresse intacte grâce à sa mélodie et ses refrains implacables tout en dégageant une légère tristesse de fin de vacances ou d'adieux sur un quai de gare. Les deux hommes écoutèrent en silence cette pop désuète et éternelle comme des voyageurs communiant devant la beauté d'un paysage. D'autres chansons anciennes furent la bande-son de leur voyage. Sur *Cars & Girls* de Prefab Sprout, Patrick Berthet tenta quelques vocalises hasardeuses, *Young Americans* de David Bowie le fit se trémousser sur son siège, *Je danse le mia* d'IAM fut chanté en chœur par le père et le fils. À l'entrée de Palamós, le conducteur baissa le volume.

— On va pas passer pour des sauvages, annonça-t-il tel un pion sifflant la fin de la récréation.

Ils se garèrent à côté du port, non loin du restaurant où ils avaient rendez-vous avec Vincent Marchand, un ami de Patrick, ancien journaliste reconverti dans le négoce de vins espagnols, qui s'était installé à Palamós depuis une dizaine d'années. C'est sur la petite terrasse de *La Menta*, un restaurant tenu par d'autres Français, qu'ils retrouvèrent à quatorze heures Vincent, qui avait devant lui une bouteille de blanc. Ce quinquagénaire au physique de Porthos broya chaleureusement la main d'Alexandre et se livra à un *abrazo* viril avec Patrick. Celui-ci alla ensuite saluer le couple de tenanciers qui accueillit avec joie et force embrassades le « revenant ». Les trois convives n'eurent pas besoin de commander, sauf des bouteilles qui se vidèrent à un rythme soutenu, car le patron décida de choisir pour eux ce qui composerait le menu.

— Ce qu'il y a de meilleur, te trompe pas ! cria Vincent.

— T'inquiète, c'est aussi ce qu'il y a de plus cher ! lui revint depuis l'intérieur du restaurant.

Passé quelques considérations générales (sur le marché du vin espagnol, la météo, la fréquentation touristique de la saison...) et les premiers plats servis, Patrick et son ami plongèrent dans leurs souvenirs. Alexandre ne saisissait pas toutes les allusions, mais apprit au passage que son père avait été commercial en charge de la publicité dans un magazine d'art de vivre dont Vincent était rédacteur en chef, qu'il avait tenu un magasin de disques à Lisbonne, que les deux compères avaient vu un match du Flamengo au Maracana de Rio de Janeiro au sortir duquel ils furent dépouillés au sens le plus intégral (ils rejoignirent leur hôtel en caleçons) par de jeunes voyous, qu'ils s'étaient battus dans un restaurant de Tokyo avec un groupe d'Allemands se moquant de la France... D'autres épisodes moins baroques parsemaient la conversation à laquelle vint se joindre le couple aux commandes de *La Menta* : un autre solide gaillard répondant au prénom de Philippe, ou Felipe selon les moments, et sa compagne, une Aveyronnaise à la cordialité non feinte. Une bouteille de Vermouth clôtura le déjeuner. Tout le monde s'embrassa en promettant de se revoir vite, ce qui pour une fois n'était pas une vaine promesse, au moins pour certains puisque Patrick et son fils allaient s'installer pour la semaine chez Éric Maréchaux à S'Agaro où Vincent les rejoindrait le lendemain.

— Tu peux conduire ? On a pas mal picolé, s'enquit Alexandre.

— *No problemo*, jugea Patrick en masquant son regard vitreux derrière des lunettes de soleil. On n'est qu'à quelques kilomètres.

La Golf chemina à une allure prudente et arriva une trentaine de minutes plus tard devant le portail de la maison d'Éric Maréchaux sur une colline surplombant la baie de S'Agaro. Patrick sortit du véhicule, s'annonça à l'interphone puis engagea la Golf en faisant crisser les pneus sur le gravier avant de piler près d'une piscine.

— Bah, encore un peu et je devais appeler la fourrière pour sortir ta caisse de la maille, dit le maître des lieux en s'avançant vers ses invités.

Avec les lunettes maintenant levées sur le front, le visage rougeaud de Patrick Berthet résumait les épisodes précédents.

— Ah oui, quand même... Vous étiez donc bien à *La Menta* en compagnie de Vincent à ce que je vois, ajouta Maréchaux.

Bien que lui aussi quinquagénaire, il affichait l'allure d'un jeune homme. Alexandre, qui connaissait vaguement son nom, s'était renseigné sur Internet. On vantait son style sec, sans graisse, son sens de la formule. Quelques prix littéraires et deux adaptations de ses romans au cinéma lui avaient à une époque offert une certaine notoriété. Internet ne précisait pas que ces relatifs succès avaient surtout permis à Maréchaux de quitter Paris pour s'installer dans sa retraite catalane avec sa troisième épouse qui réclama le divorce après un an passé sous le soleil de la Costa Brava.

— J'ai de la Châteldon au frais si vous voulez faire une pause, annonça l'écrivain.

— Tu plaisantes, j'espère. On n'est pas venu jusqu'ici pour beurrer les sandwichs et boire des tisanes, rétorqua Patrick.

Les invités firent connaissance avec leurs chambres au premier étage, puis rejoignirent le maître des lieux sous la véranda, près de la piscine. De la bière avait remplacé l'eau pétillante annoncée.

— Pour dîner, j'ai réservé à la *Villa Mas* à vingt-deux heures. Demain soir, on dîne avec le vieux Vincent à la *casa* : calamars et côtes de porc à la plancha.

— *Perfecto*, lâcha Patrick Berthet.

Deux tournées de bières plus tard, Maréchaux proposa d'aller au restaurant situé à une poignée de minutes de marche seulement, mais Patrick insista pour prendre la voiture.

— Au retour, ça monte, ça va nous tuer de marcher. On n'a plus l'âge.

— Je reconnais là le grand sportif ! se moqua Maréchaux.

À la *Villa Mas*, une table les attendait sur une terrasse, qui ressemblait à un jardin, devant une ancienne maison de maître avec vue sur la plage et la mer. Des lumières douces et une playlist composée de groupes de la *french touch* des années 1990 complétaient le décor qui ravit Alexandre. Une élégante quadragénaire – qui ressemblait à la romancière Carmen Posadas, nota Alexandre – vint prendre les commandes. Maréchaux demanda une cuvée rare du domaine Mas Jullien dont le patron du restaurant avait la quasi exclusivité. Le père et le fils subissaient le contrecoup des agapes de *La Menta*, Maréchaux évoquait à son ami de vieilles connaissances communes, racontait des histoires drôles sur Vincent et ses déboires conjugaux.

— Et toi alors, tu écris en ce moment ? demanda Patrick en picorant dans une assiette d'anchois frits.

— Quelle idée ! Surtout pas ! ricana Maréchaux. Et pour l'instant, je n'ai pas de factures ou de dettes qui pourraient stimuler mon envie d'écrire... L'époque est moraliste, ignorante, ennuyeuse, fière d'elle-même et les romans doivent lui ressembler. À quoi bon monter sur ce manège ? Quand les humains redeviendront un peu plus exigeants, je me ferai naturaliser. En attendant, tout va bien...

— Je suis dans un de ses romans, déclara Patrick à son fils. Dis-le-lui, Éric, il ne va pas me croire...

— Je ne suis pas sûr qu'il y ait là un réel motif de fierté, jugea l'écrivain avec ce rire qui donnait le sentiment de le connaître depuis longtemps, d'avoir partagé avec lui tant de choses rares.

Son plat terminé, Alexandre s'excusa, se leva, fit quelques pas sur la terrasse afin de prendre en photo la plage devant lui et le front de mer où se profilait sur sa gauche un vieil hôtel. La nuit était tombée, mais la luminosité suffisante pour donner une idée à Mara de ce cadre paradisiaque. Il commenta les clichés par un banal « Tu me manques ». Depuis le Lot, elle lui répondit par un non moins banal « Toi aussi, tu me manques » et ne lui dit pas qu'elle avait prévu de le rejoindre en fin de semaine pour profiter du dernier week-end d'Alexandre et de son père sur la Costa Brava. Une demi-heure plus tard, elle ne résista pas et un SMS dévoila la surprise à son amoureux. Alexandre fit part de l'arrivée de Mara le vendredi suivant.

— Formidable ! C'est sa petite amie. Une jeune fille exquise, très bien élevée, charmante, souligna Patrick avec un enthousiasme digne d'un père.

— Enfin une bonne nouvelle, ça manque de femmes chez moi, vous aviez remarqué ?

— Et avec Élisabeth…, s'enquit Patrick.

— Isabelle, pas Élisabeth.

— Oui, ben c'est fini-fini ?

— Si tant est qu'un divorce dûment approuvé par des avocats en atteste, oui c'est fini-fini, grinça Maréchaux.

— Bon, c'est moi qui régale. On commande des petits digeos pour terminer ?

— *Vale*, approuva l'écrivain en brandissant son verre de vin vide.

Ils rentrèrent à la villa de Maréchaux en une minute chrono. Par bonheur, la Golf roulant à tombeau ouvert ne croisa personne. Une bière pour Patrick et de l'eau gazeuse pour les deux autres arrosèrent les derniers moments silencieux autour de la piscine avant l'heure du coucher. Dans le ciel, des étoiles scintillaient. Des criquets se faisaient entendre. Un chat noir se glissa dans le jardin. C'était un soir de juillet sur la Costa Brava quand rien de grave ne semble pouvoir arriver.

Chapitre XVIII

Le lendemain matin, dès dix heures, un soleil de plomb irradiait. Sous la véranda, Maréchaux lisait *El Pais* en buvant un énième café. Alexandre émergea avec un pantalon de pyjama bleu marine qui pouvait passer pour un pantalon de jogging et un tee-shirt de la même couleur affichant « Les gens de la nuit » en blanc. Son père devait encore dormir.

— Ah, tu es un lecteur de Michel Déon ou tu portes cela par hasard ?, demanda Maréchaux en désignant le tee-shirt et en proposant au jeune homme un café.

— Oui, enfin, j'en ai lu quelques-uns : *Je ne veux jamais l'oublier, La Corrida, Les Gens de la nuit, Les Poneys sauvages*... C'est une amie, qui crée des tee-shirts ornés de titres de romans, qui me l'a offert.

— Bon choix, bon goût. Quand Déon est mort, en décembre dernier, j'ai bu du whisky là, sur la terrasse, tout seul, comme un con. Je l'ai un peu connu. C'était un seigneur. Le dernier, sans doute. Tu sais, il a pas mal séjourné en Espagne dans les années cinquante. Il venait voir Salvador Dali à Cadaquès, il écrivait ses Mémoires...

Maréchaux déroula des épisodes, des anecdotes, des choses vécues avec la simplicité d'un érudit sans ostentation, d'un témoin et d'un acteur qui ne se hausse pas du col.

— C'est grâce à lui que j'ai obtenu mon premier prix littéraire. L'une des rares fois de ma vie où j'ai été fier. Pas assez fier même.

Patrick Berthet apparut à son tour, en caleçon et avec le polo noir qu'il portait la veille.

— *Holà, qué tal companeros* ?

Des sourires accueillirent le mal réveillé. Ils burent des cafés, des jus d'orange, plongèrent dans la piscine comme des gosses. Après treize heures, Maréchaux servit une tournée de Ricard puis fila préparer une salade de tomates, du jambon et du fromage.

— On mange léger, on ne boit pas, on se réserve pour ce soir. Avec le Vincent, faut que l'on soit en forme.

À part l'apéritif anisé, seules trois bières furent servies au déjeuner. La sieste générale s'imposa tout de même naturellement. À dix-sept heures, Maréchaux convoqua Alexandre dans la cave pour remonter des bouteilles. Il regardait, réfléchissait, posait, reprenait, sélectionnait les quilles comme un général avant une bataille décisive. Il pesait et soupesait le pour et le contre. Le hasard n'avait pas sa place dans cette partie d'échecs.

— Bon, deux blancs de Catalogne, un tavel et deux rouges du domaine de l'Anglore, un Château Musar pour les courageux, une bulle de chez Comor : on ne devrait pas être mal. Ah, prends une bouteille d'arak, là en haut, si besoin pour la fin…

Ils remontèrent le butin rapidement placé au réfrigérateur pour parer aux grandes chaleurs. À dix-neuf heures, la sonnerie de l'interphone retentit.

— Oh ! Cono ! C'est moi ! Tu ouvres ?

C'était Vincent Marchand dont la vieille Mercedes se gara avec des coups de klaxon imitant l'air de *La cucaracha*. Le ton était donné. À peine descendu du véhicule en traînant une valise à roulettes, il réclama à boire – thème qui fut dans sa bouche l'un des leitmotive de la soirée. Comme la veille, Alexandre écouta les conversations entre ces hommes qui avaient déjà beaucoup vécu. Vincent décida de s'occuper de la plancha, Éric se chargeait de la mise à niveau des verres, Patrick relata un séjour commun à Saint-Tropez. L'été précédant ce séjour, en 1982, Vincent avait travaillé dans une boîte de nuit en vue comme serveur puis disc-jockey. Il racontait avoir sympathisé avec l'acteur Maurice Ronet qui devait mourir quelques mois plus tard.

— L'année suivante, hélas, quand on est venu te voir, c'est Carlos qui était devenu ton ami. Avec Patrick, on a perdu au change…, persifla Maréchaux.

— Il était très drôle et très cultivé Carlos, je te signale, vieux snob.

— Je ne dis pas que *Big Bisou* ne compte pour rien dans la culture française, mais je préfère Ronet dans *Le Feu follet* ou *Plein soleil*.

Les trois compères se vannaient comme des adolescents, Maréchaux subissait des feux croisés de la part des deux autres. Vincent lui reprochait de n'avoir jamais su danser, Patrick d'avoir été longtemps entretenu par ses parents.

— Il avait un appartement avec vue sur la place du Capitole, ce fils à papa !

— Tu parles, une chambre de bonne au cinquième étage au début de la rue du Taur…

— Avec sa Supercinq, les soirs où l'on s'emmerdait, on achetait des œufs dans les épiceries de nuit et on arpentait la ville pour les jeter sur les passants. La poilade…, poursuivit le père d'Alexandre.

— Oui, c'était très fin, tu fais bien de rappeler cet exploit inoubliable. Je tiens à préciser à ton fils que je conduisais. Ce sont les deux imbéciles qui balançaient les œufs.

— Fais pas ta mijaurée, il y a prescription !

— Vous faisiez vraiment cela ? demanda Alexandre.

— Aujourd'hui, avec les caméras de surveillance, les téléphones, cela ne durerait pas plus de cinq minutes avant que les Pandores rappliquent. On ne peut plus rien faire. On est fliqués comme jamais, déplora Vincent avec un air d'enfant triste privé de sortie.

— Bon, en même temps, comme dirait l'autre, il faut avouer que jeter des œufs sur des inconnus n'était pas l'idée la plus géniale du siècle dernier, tempéra l'écrivain.

— D'accord, mais c'était quand même drôle ! Fallait voir leurs têtes ! Ne dis pas que cela ne te faisait pas marrer…, répliqua Patrick.

— Oui, mais on était très cons, pires qu'aujourd'hui, c'est dire…, conclut Maréchaux en se levant pour aller chercher une nouvelle bouteille de vin.

Alexandre buvait les paroles de ces anciens combattants du dérisoire, grands gamins qui en vieillissant essayaient de retarder la marche du temps tout en constatant que leurs retours dans le passé ne faisaient que souligner à quel point celui-ci s'éloignait chaque jour un peu plus. Maréchaux revint avec une bouteille et une enceinte qu'il connecta à son téléphone.

— Et ça, vous vous souvenez ?

Nougayork de Nougaro résonna dans un fracas métallique dopé par des cuivres. Avant le solo de guitare final, les trois reprirent « façon jambon d'York » en hurlant. Il n'y avait plus de vin au frais. Patrick se dirigea vers la cuisine et exhiba un pack de San Miguel.

— Nous voilà sauvés !, cria Vincent qui exigea de nouveaux verres pour boire les bières.

Il enchaîna en parlant d'une certaine Isabella, personnage exubérant dont l'assistance semblait avoir été unanimement amoureuse.

— Elle récitait Rimbaud…, chuchota Vincent, maintenant fatigué par l'alcool.

— Non, c'était Verlaine. Et Paul-Jean Toulet aussi, précisa Éric avec la légitimité de l'homme de lettres que les autres n'osèrent contester.

Isabella était morte dans un accident de voiture quinze ans auparavant. Ses amis se levèrent, trinquèrent et jetèrent leurs verres qui ne se brisèrent pas en atterrissant sur la pelouse. « À Isa ! » retentit dans la nuit. En dépit des apparences, ces Apaches n'étaient pas sans cœur. Ils avaient la mémoire longue, cultivaient des fidélités désuètes. Patrick et Vincent marquaient le coup. Ils allèrent se coucher en laissant leur hôte et Alexandre débarrasser. Après avoir nettoyé la plancha, Maréchaux suggéra un verre d'arak. Alexandre, qui n'en avait jamais bu, mais avait découvert la boisson en lisant le livre de Lawrence Osborne, accepta volontiers. Ils s'installèrent devant la piscine.

— C'est vrai que mon père est dans l'un de tes romans ?

— Oui, mais je ne crois pas qu'il l'ait lu en entier. Juste les passages où il apparaît, je pense. Je t'en donnerai un exemplaire si tu veux, il s'appelle Patrice dans le bouquin. Cela dit, il y a des lectures plus indispensables.

— Et tu as connu ma mère ?

— Je l'ai croisée quelquefois, quand ils se sont rencontrés, mais je vivais à Paris à l'époque. On ne se voyait plus trop avec Patrick et la bande. Elle était très belle, très douce, élégante…

Maréchaux était trop pudique pour demander au jeune homme comment cela se passait avec son père, ce « nouveau » père qui avait disparu du jour au lendemain pour des raisons qui lui appartenaient et qu'il ne connaissait qu'en partie. Alors, il se taisait, buvait son arak comme l'on fait une prière. Pour les morts, pour les vivants, pour ceux qui restent. À leur tour, ils rejoignirent leur chambre.

Au matin, Alexandre fut réveillé par des détonations. Des coups de feu ? Son téléphone indiquait huit heures un quart. Il entendit quelqu'un crier « Ah mais quel con ! » juste avant que Vincent, vêtu uniquement d'un caleçon, n'ouvre la porte de sa chambre et ne jette deux pétards à mèche au pied de son lit. Ils explosèrent au bout de trois secondes en dégageant une petite fumée bleue et une désagréable odeur de poudre. Finalement rassuré par ce qui n'était pas un attentat mais une blague de potache, il se leva et croisa Maréchaux dans le couloir de l'étage.

— Je pensais que la manie du réveil aux pétards était passée à cette andouille...

Ils descendirent – Patrick, apparemment, résistait crânement à l'injonction pétardière en restant au lit – et retrouvèrent le farceur dans la cuisine.

— Alors, bien dormi mes poulets ?

— Toujours aussi con à ce que je vois, répondit Maréchaux.

— On ne change plus à nos âges. Tu n'as pas eu trop peur, gamin ? Tu ne connaissais pas la tradition du réveil au pétard...

— Non, mais j'aurais bien dormi un peu plus longtemps.

— Tu auras toute la mort pour dormir, asséna le philosophe.

Les jours suivants filèrent en libations, déjeuners et dîners auxquels s'agrégeaient des amis de passage de Maréchaux. Alexandre s'offrait des pauses en descendant se baigner sur la plage de la baie de S'Agaro en face de la *Villa Mas* ou en marchant en fin de journée le long de la côte jusqu'à une autre plage, beaucoup plus vaste, où se trouvaient deux guinguettes offrant de l'ombre. Lors de l'une de ses escapades, il emprunta à Maréchaux le roman où il avait mis en scène son père. Il s'intitulait *La Fête espagnole*, un titre de circonstance, et était sorti en 1989. Il n'y avait pas vraiment d'histoire, c'était la chronique douce-amère d'une bande de jeunes gens désœuvrés dans une ville de province qu'Alexandre reconnut être celle où il vivait. Il reconnut aussi son père, rebaptisé donc Patrice. Il apparaissait peu, mais une phrase du narrateur le concernant s'appliquait encore parfaitement à lui, plus de vingt-cinq ans après : « *Il avait admis depuis longtemps qu'un certain nombre de tâches devaient être remises à plus tard.* » Les dernières phrases du roman le touchèrent. Le narrateur quitte la ville et ses amis pour Paris. Assis dans le train, il songe : « *J'ai une maladie que les médecins ne soignent pas. Je pleure l'enfant que je fus et qui n'est plus. Mais qu'il ait existé, je le jure.* »

Entre des appels téléphoniques aux visiteurs d'Oscar (Florence, Monsieur Fernand, Arnaud) et à Mara quand le réseau du Lot le permettait, Alexandre se contentait d'échanger des SMS avec Louis pour éviter de trop longues conversations avec ce bavard retenu à son hôtel. Le vendredi, Mara arriva enfin peu après dix-neuf heures. La veille, Vincent était parti précipitamment à Barcelone pour des raisons que personne ne comprit. Elle ne verrait pas le phénomène. Fatiguée par le trajet en voiture et les embouteillages, Mara accueillit avec plaisir la perspective de dîner sur la terrasse de Maréchaux auquel elle offrit un panier garni issu de la ferme familiale. Alexandre eut droit à son cadeau d'anniversaire : une chemise blanche de chez Brooks Brothers. À vingt-deux heures, la jeune femme clignait des paupières. Une heure plus tard, elle dormait.

Le lendemain, elle et Alexandre se baignèrent le matin sur la plage, l'après-midi dans la piscine. Une table pour quatre était réservée à la *Villa Mas* pour dîner. Alexandre invitait. Il fallait que Mara découvre cet endroit, sa vue, sa cuisine. Une fois de plus, Maréchaux fut très drôle, tour à tour pince-sans-rire et blagueur comme un gosse. Patrick, bronzé et élégant dans sa chemise noire, avait rajeuni. Les yeux de Mara lançaient des étincelles, ses réactions de petite fille joyeuse face aux plats servis et ses regards songeurs posés sur l'horizon donnaient à Alexandre des envies d'éternité. De toute son âme, il aurait voulu que rien ne change, que rien ne vienne briser cet instant. Eux quatre, ensemble, au complet ou presque, préservés, vivants. Ce petit miracle.

Chapitre XIX

Ce dimanche dégageait le désagréable parfum de fin de vacances. Malgré l'invitation de Maréchaux de rester avec son amie quelques jours de plus, Alexandre avait prévu de rentrer. Il n'osa pas préciser que retrouver Oscar après une grosse semaine d'absence n'était pas étranger à sa décision. Avec Mara, ils partiraient le lundi matin. De son côté, Patrick lèverait le camp après le déjeuner. Il avait « des affaires à régler à Cassis et à Marseille ». Personne n'osa demander lesquelles.

— D'ici une huitaine, je vais passer une semaine à Sète chez un ami. Si vous n'avez rien de prévu avec Mara, rejoignez-moi. Mon ami a un gigantesque appartement, il pourra vous loger, dit-il à Alexandre.

— Au fait et ta chambre à l'hôtel de Louis ?

— Je l'ai libérée. Marlène a récupéré mes affaires.

Marlène n'avait donc pas disparu. Enfin, pas totalement. Maréchaux prit un appel sur son portable. Il grimaça. « J'ai des amis à la maison là… », « Mais passez si vous êtes dans le coin », « Non, non, j'ai des seiches et des gambas, il y en aura assez… » parsemèrent les échanges avec l'interlocuteur.

— Désolé les amis, mais un casse-pieds s'invite avec sa gonzesse. Un type que m'avait présenté Vincent et qui nous avait offert un week-end sur son yacht de trente mètres l'été dernier. Je n'ai pas osé l'envoyer bouler...

Trente minutes plus tard, un coupé Porsche franchit le portail de la villa. Se dégagèrent du véhicule un petit homme rondouillard, approchant des soixante ans, largement dégarni, arborant de grosses lunettes de soleil et une femme blonde d'une trentaine d'années le dépassant de vingt bons centimètres, affichant elle aussi des lunettes noires démesurées.

— Désolé de débarquer à l'improviste, j'avais prévu de voir Vincent, mais il est à Barcelone et il m'a dit que tu étais là. Alors, comme on passait dans le coin...

Le type s'appelait Serge, la femme Sonia. La tenue de cette dernière – un débardeur, une minijupe jaune et des stilettos jaunes – témoignait d'une certaine cohérence chromatique, mais surtout dévoilait une spectaculaire intervention chirurgicale dans la zone mammaire. Vestimentairement, Serge était plus sobre : chemise rouge largement ouverte aux manches relevées, pantalon blanc et mocassins Tod's marron. Si Sonia exhibait sans complexe une poitrine XXL, son compagnon ne craignait pas d'offrir aux regards une pilosité abondante, de ses avant-bras velus à son poitrail couvert d'une moquette noire.

Afin de dissiper la gêne provoquée par l'irruption de ce couple étrange et disparate, Maréchaux proposa de prendre l'apéritif. Ayant servi tout le monde, l'écrivain fila vers la plancha. Pendant ce temps, l'invité surprise fit part de ses déboires : son yacht n'avait pas pu être amarré au port de San Feliu, trop petit pour l'accueillir, et l'équipage avait dû le diriger vers celui de Palamós. En outre, le restaurant triplement étoilé de Gérone auquel il voulait inviter Sonia était fermé.

— En plein été ! Des feignasses ces Espingouins ! Et après, ils vont se plaindre... *Puta madre* !

— Décidément, tu as des problèmes de pauvre, persifla Patrick.

Mara et Alexandre sourirent, Sonia buvait à petites lampées son verre d'eau gazeuse, Serge descendit en grimaçant la moitié de sa bouteille de San Miguel. Maréchaux fit son retour.

— C'est presque prêt. On peut passer à table, prévint-il.

Serge fit honneur aux gambas et aux seiches, demanda s'il y avait de l'aïoli. Sonia mangea quelques rondelles de tomates et un petit bout de seiche. Par politesse, Maréchaux interrogea Serge et Sonia sur le bon déroulé de leurs vacances. Le petit bonhomme refit le récit de ses déboires marins, Patrick souffla, Alexandre observait la poitrine de la silencieuse Sonia comme s'il craignait qu'elle explose. Un petit coup de pied de Mara le ramena à son assiette. Personne d'autre que Serge n'eut à faire la conversation. Il en assura la charge en mâchant bruyamment sa seiche et en suçant les têtes des gambas.

Un peu de jus coulait dans l'échancrure de sa chemise pour sécher sur les poils. Il était de ces gens qui ne doutent jamais de l'intérêt que les autres peuvent porter à ce qu'ils racontent, partant du principe que tout ce qu'ils pensent est à dire et digne d'être écouté.

Les taxes, les impôts, les chômeurs, les immigrés, les musulmans : il avait tout un tas d'opinions tranchées qui n'étaient pas les siennes, mais qu'il défendait bec et ongles. On se serait cru sur l'un de ces plateaux de chaîne d'information en continu en écoutant les élucubrations exaltées de Serge, songea Alexandre qui avait découvert, il y a peu et avec retard, ces programmes mêlant la comédie et le faux débat, la démagogie crapuleuse et le jeu de rôles. La nuance, la réflexion, la mesure n'avaient plus leur place dans ces nouveaux théâtres. Il fallait avoir une idée simple sur tout et sur n'importe quoi, et s'y accrocher comme une moule à son rocher en ressassant des propos systématiques. C'était comme un virus, une maladie, qui se déployait à la puissance mille sur les réseaux sociaux.

On n'arrivait pas à interrompre Serge. Mara tenta de s'adresser à Sonia, mais celle-ci resta mutique. À un moment, le petit bonhomme fit un geste brusque du bras gauche, sa compagne tressaillit et tourna la tête comme par réflexe. Maréchaux et Alexandre échangèrent un regard. Dans l'intimité, ce con-là devait lui coller des beignes. Bizarrement, Patrick ne réagissait pas à la logorrhée de Serge. Son fils s'en inquiétait. Il redoutait qu'il n'entre en éruption à un moment ou à un autre, façon Etna, Vésuve, ou bien King Kong, dans un genre distinct mais voisin. Maréchaux, qui ne devait pas non plus être insensible au risque, prit soin de mettre fin aux réjouissances.

— Bon, puisque personne ne veut de café. On va aller faire la sieste, nous. Et on ne va vous retarder pour le bateau...

— Attendez, j'ai une super blague, vous allez rire, promit Serge comme s'il redoutait de ne plus avoir de spectateurs.

— Une autre fois. Oui, plutôt à ce moment-là, une autre fois..., trancha Maréchaux en se levant et en posant sa main sur l'épaule du boulet qui comprit que le temps lui étant imparti était maintenant écoulé.

— Allez, on y va, éructa-t-il à l'endroit de Sonia.

Il brandit la main en guise de salut général, sa compagne murmura un « Merci, au revoir » et le suivit. En voyant la Porsche disparaître, ils furent soulagés.

— Je n'y suis pour rien ! C'est ce crétin de Vincent qui me l'a envoyé, se justifia Maréchaux.

— Tu as vu, j'ai été gentleman jusqu'au bout, diplomate, détente absolue, souligna Patrick.

— Presque trop ! J'en venais à espérer que tu lui en mettes une pour qu'il ferme sa gueule et déguerpisse enfin !

— Quand je ne joue pas à domicile, je suis fair-play, pas de mauvais tacles.

— Ah bon, c'est nouveau ça !

— Sers-nous des cafés s'il te plaît et après je lève les voiles, ordonna Patrick.

Le café bu, il réitéra son invitation à Sète, embrassa Mara et son fils, donna l'accolade à son ami. Le cabriolet passa le portail avec deux coups de klaxon.

— Un phénomène ton père...

Une légère tristesse s'empara d'Alexandre. Ces derniers jours avaient été si agréables, si drôles, si harmonieux qu'il les regrettait déjà. Heureusement, il y avait Mara. Ils firent quelques longueurs dans la piscine, lirent puis prirent un verre avec Maréchaux en bord de mer.

— Cela doit être merveilleux de vivre ici, dit Mara.

— De décembre à mars, c'est un peu mort. On ne peut plus se baigner à cause de la température. Il est préférable d'avoir une riche vie intérieure ou de ne pas avoir peur de la solitude. Cela tombe bien, je ne trouve pas la plupart de mes contemporains très intéressants. Je ne dis pas cela pour vous bien sûr, *kids*.

— Vous avez des enfants ?

— À ma connaissance, non, mais l'on n'est jamais à l'abri d'une mauvaise nouvelle...

Ce numéro de misanthrope amusait les jeunes gens tant les attentions, la délicatesse, la disponibilité, la gentillesse dont faisait preuve l'écrivain démentaient le rôle qu'il jouait.

— Si l'on n'a pas la fibre paternelle, il vaut mieux en effet ne pas faire d'enfants, dit Alexandre.

Maréchaux ne mordit pas à l'hameçon, un peu trop visible. Alexandre changea de sujet.

— Tu n'écris plus alors ?

— Des romans, non. Parfois, j'ai la faiblesse de céder à l'écriture d'une préface ou d'un texte pour la presse. Uniquement si le sujet me plaît et si cela est très bien payé. De fait, les occasions sont rares. Mais je suis à l'abri du besoin, comme l'on dit. Puis, je n'ai pas d'imagination. J'ai raconté peu ou prou ce que je vivais ou ce que j'avais vécu, en maquillant certaines choses, dans mes romans. Comme il ne m'arrive plus rien, je ne vois pas ce que je pourrais écrire...

Le soleil se couchait lentement, les terrasses des bars et restaurants du bord de mer s'animaient, des enfants couraient, un chien faisait des aller-retour sur la promenade longeant la plage, une mère lança à son fils de trois ou quatre ans « *Mira el pero, te va a morder* ». Cela fit rire les trois Français. Il était temps de regagner la villa. Durant le dîner composé de salade, de jambon et de steaks de thon grillés, Mara et Alexandre interrogèrent Maréchaux sur le monde de l'édition, les prix littéraires, les adaptations de ses livres au cinéma. Ces choses vues et vécues suscitèrent quelques fous rires. On ne lirait pas de tels récits, caustiques, ravageurs, authentiques, cruels, dans la presse.

— La plupart des écrivains que j'aimais, comme auteurs et comme amis, sont morts : Blondin, Sagan, Bernard Frank, Jacques Laurent, Fajardie, Jean-Marc

Roberts, Déon… À partir d'un certain âge, la fréquentation des cimetières devient un rendez-vous qui prend des airs de bande-annonce, de visite de maison-témoin.

Il chassa ces considérations par de nouvelles saillies sur quelques fausses valeurs des lettres et par une tournée générale d'arak en guise de dessert. Ils se souhaitèrent bonne nuit tandis que des détonations retentirent au loin.

— Espérons que ce n'est pas Vincent, glissa Maréchaux.

Alexandre expliqua à Mara que logiquement elle échapperait au réveil par des pétards et, effectivement, ce fut une main caressant son dos qui, au matin, acheva de la réveiller. Deux heures plus tard, ils dirent au revoir à Maréchaux.

— La maison vous est ouverte, jeunes gens. N'hésitez pas si le soleil de la Costa Brava vous attire et si la compagnie d'un quinquagénaire casanier ne vous effraie pas trop.

Ils le remercièrent, promirent de revenir. Il n'était pas midi quand ils poussèrent la porte de l'appartement d'Alexandre derrière laquelle Oscar était posté. Le chat multipliait de longs miaulements sans que l'on sache s'il manifestait à son maître la joie de le revoir ou le mécontentement d'avoir été abandonné. Ils déjeunèrent d'une omelette et, après une sieste, Mara reprit la route en direction du Lot afin de profiter des derniers jours que sa sœur passait chez leurs parents. L'option consistant à retrouver Patrick Berthet le week-end suivant demandait confirmation, mais les tentait plutôt. Rendu à la solitude et à Oscar, Alexandre écrivit des articles pour *L'Essentiel de la culture*. Louis avait rejoint ses parents dans le Lubéron, Arnaud enchaînait les ferias. Leur ami se sentait abandonné. En juillet et août, les déjeuners chez Jacques et Laurence suspendaient leur rythme. Florence, elle, n'était pas en vacances. Plusieurs choses la retenaient en ville. Ils convinrent de dîner ensemble dans la semaine. Alexandre avait besoin de la compagnie des humains.

Chapitre XX

Plusieurs échanges avec son père et Mara fixèrent leur séjour à Sète : ils arriveraient le mardi suivant pour échapper aux transhumances estivales du troisième week-end de juillet. En attendant, Alexandre retrouva Florence le mercredi soir. Elle proposa d'aller au restaurant plutôt qu'un dîner chez elle. Après une coupe de champagne, ils prirent une bouteille de blanc accompagnant les petits plats méditerranéens à la carte de l'établissement. Alexandre narra sa semaine chez Éric Maréchaux, sa tante lui confia qu'elle l'enviait, mais que pour sa part elle ne pourrait sûrement pas prendre de vacances cet été.

En effet, depuis juin, elle passait beaucoup de temps au chevet de sa meilleure amie, Diane, qui à quarante ans avait développé un Parkinson aussi rare – à cet âge – que foudroyant. Bien que la dernière fois qu'Alexandre avait vu Diane remonte à très longtemps, il se souvenait d'elle. Sa mère, Marie-Françoise, était la sœur cadette de quinze ans de la grand-mère Louise, et avec son mari Georges ils avaient eu deux garçons et donc Diane qui avait épousé un huissier. Trois enfants, que des filles cette fois-ci, étaient nés de l'union de Diane avec son mari. Ils vivaient en Ariège, à Foix, à quatre-vingts kilomètres de là. Alexandre s'étonna que Florence soit aussi présente auprès d'elle : elle passait souvent les week-ends chez elle et plus encore en ce mois de juillet.

La situation s'éclaira au fil des explications. L'état de Diane nécessitait une présence permanente, une aide-soignante l'assistait dans la journée, mais pas le soir ni la nuit. Or, en cette période, toute la famille était en vacances. Le mari avait emmené les enfants sur la côte Atlantique. Les parents, Marie-Françoise et Georges, fringants septuagénaires, vaquaient entre Cannes et Marbella. Quant aux deux frères, ils avaient établi leurs quartiers en Corse avec une ribambelle d'amis. En bref, tous l'avaient abandonnée. Plus sidérant encore, avant même les vacances de juillet, quand la maladie avait empiré au point de faire perdre à sa femme la moindre indépendance, le mari avait pris l'habitude de partir en week-end avec leurs trois filles âgées de sept à douze ans. De fait, Florence et son amie, Irène, qui connaissait Diane et l'aimait beaucoup, se relayaient.

— C'est hallucinant que ce soit toi et ton amie qui prenez soin d'elle… Et même le mari se débine. Puis, ses parents et ses frères habitent dans le même coin qu'elle ou dans les parages, si je ne me trompe. Toi, tu dois faire deux heures de voiture aller-retour après ta journée de travail… Cela ne les gêne pas ? s'indigna Alexandre. S'il s'agissait de ta fille, de ta sœur, de ton mari, tu te conduirais comme eux ? Je n'en reviens pas.

— Je fais ce que je dois faire. Après, chacun agit en son âme et conscience. Tu sais, je m'étais aussi beaucoup occupée de ta mère à la fin. C'est normal.

— Je ne me souviens pas de tout, mais il y avait aussi Jacques et Laurence, Françoise, papy et mamie…

— Oui, enfin, pas toujours. Tes grands-parents, par exemple, ne supportaient pas l'idée que leur fille soit malade et condamnée. Je ne les critique pas, je comprends que pour des parents c'était une idée insupportable, mais ils ne la voyaient pas beaucoup. Puis, cela devait les renvoyer à leur propre mort. Ils préféraient s'occuper de toi. De son côté, Françoise préparait son mariage et n'était pas disponible. Quant à Jacques et Laurence, leur couple traversait une petite crise, enfin une grosse crise. Je peux te le dire maintenant. Mon frère venait de la tromper avec une avocate stagiaire de son cabinet – ce n'était pas la première de ses infidélités, il était assez chaud lapin à cette époque – et Laurence menaçait de divorcer, ce qui aurait tué nos parents. Alors, à ce moment-là, il devait donner des gages. Et Laurence avait mis la barre haut : voyages, cadeaux, présence de tous les instants… Il n'avait donc pas le temps d'accompagner ou d'aider Emmanuelle, sinon en assurant ta garde. D'ailleurs, ta présence rassurait Laurence. Avec toi dans les pattes, ton oncle ne pouvait pas chasser la gueuse…

Oncle Jacques en dragueur invétéré et mari infidèle, Laurence en épouse bafouée faisant payer l'outrage à son mari en espèces sonnantes et trébuchantes, les grands-parents ne daignant trop voir leur fille malade, Françoise obnubilée par son futur mariage : Florence tempérait la situation avec une compréhension, des circonstances atténuantes, des explications qui, pour Alexandre, aggravaient le tableau d'ensemble. Et l'histoire, dans un registre différent, plus horrible, mais voisin, semblait se répéter avec la malheureuse Diane. Finalement, l'égoïsme était peut-être dans l'ADN de cette famille, pensa-t-il. La bouteille de blanc était vide, il commanda deux autres verres, tenta de penser à autre chose, à Mara, à Sète, à son père.

— Cela me ferait plaisir d'organiser un dîner à la maison avec mon père, Mara et toi, dit-il.

— Moi aussi, même si, comme je te l'ai expliqué, mon emploi du temps est un peu chargé en ce moment. Je pourrais proposer à Irène de se joindre à nous. Elle était très liée à ta mère et à ton père quand ils étaient jeunes.

— Oui, bien sûr. Puis, avec un peu de chance, la famille de Diane va rentrer l'un de ces jours. Vous aurez peut-être plus de temps libre. À moins qu'ils ne vous en confient la garde définitivement. C'est possible après tout, non ? Avec des gens pareils, tout est envisageable.

— Tu es méchant…

— Non, ce sont eux les méchants et tu ne veux pas le voir. Et oncle Jacques en coureur de jupons… Tu m'en as appris de bonnes ce soir. Je ne pourrai plus le regarder tout à fait de la même façon.

— Hé, tu ne parles à personne de tout ce que j'ai dit ce soir !

— Ne t'inquiète pas. Dans la famille, on sait garder le silence, et les secrets.

Florence insista pour régler. Alexandre demanda des nouvelles de Laura.

— Elle est à côté de Nice avec Jean-Charles et des amis dans la villa de sa grand-mère Marie. Celle-ci s'ennuie et décline, elle a quatre-vingt-cinq ans… Elle vit à la Côte Pavée et j'essaie de déjeuner avec elle un ou deux jours par semaine. Son fils ne vient jamais la voir. Je lui apporte à manger des choses qu'elle aime : du saumon gravlax, des pâtisseries…

— Tu es une sainte ! Au minimum un Saint-Bernard !

— Ne te moque pas…

Il ne se moquait pas. Florence donnait le meilleur d'elle aux autres. Elle raccompagna devant chez lui son neveu qui proposa à son tour de l'accompagner à son domicile, à cinq cents mètres de là.

— Ne t'en fais pas. Je suis grande, enfin non, je suis petite, mais je sais me défendre…

Ils rirent, se firent la bise et promirent de se revoir vite. Dans le salon, Alexandre alluma la télévision en zappant sur des chaînes diffusant des clips vidéo. Il envoya un SMS à Mara qui resta sans réponse immédiate. Oscar vint se faire caresser en rappelant à l'ordre son maître par des coups de patte sur le bras quand il abandonnait les grattouillis. Sur l'écran, un vieux clip de New Order apparut. *The Perfect Kiss*, de la pop synthétique mélancolique et rythmée. Il monta le son et pensa à Éric Maréchaux. Que faisait-il sur sa terrasse à S'Agaro ? Était-il seul lui aussi, comme Alexandre, un peu triste, fatigué et apaisé ? Et son père, que faisait-il à Sète chez son copain ? La fête ? Du « bizness » ? Rien ? Et Florence, qui prenait soin de tout le monde, qui prenait soin d'elle maintenant ?

Il repensa à ce qu'elle lui avait raconté sur l'attitude de Jacques et Laurence, de Françoise, de ses grands-parents quand sa mère était tombée malade. Évidemment, ses propres souvenirs ne correspondaient pas au récit de Florence, mais il avait alors dix, onze ans, et n'avait pu saisir des choses que l'on prenait soin de ne pas lui montrer. S'il ne pouvait en vouloir à Jacques et Laurence qui l'élevèrent ensuite comme leur propre fils, il éprouvait de l'amertume envers ses grands-parents. Comment avaient-ils été capables de s'éloigner, même un tant soit peu, de leur fille qu'ils savaient condamnée ? Et Françoise ? Son mariage avec un crétin qui l'abandonna quelques années plus tard était-il vraiment plus important que d'entourer sa sœur les derniers mois de sa vie ? Il savait que Florence avait dit la vérité, qu'elle ne cherchait pas à se donner un beau rôle ou à dénigrer les autres. Pauvre maman. Après avoir été quittée brutalement par l'homme de sa vie, elle n'avait pas eu tous les siens autour d'elle lors de l'épreuve ultime… Alexandre éprouva un élan de compassion qui avait un arrière-goût de larmes.

Chapitre XXI

Mara était rentrée et il adorait la retrouver. Avec elle, des couleurs revenaient, l'envie de voir de nouveaux paysages et des horizons lointains pointaient le bout de son nez. Alexandre n'osait se l'avouer, mais le désir de la photographier le titillait. Depuis leur rencontre, il n'avait presque pas touché son appareil. La vie avait pris le dessus sur ses représentations. Pourtant, la photographier aurait pu immortaliser ces moments qu'ils ne revivraient plus. Les longues vacances estivales de Mara ouvraient des perspectives et l'une d'elles – quelques jours à Sète – excitait la curiosité du jeune homme qui ne connaissait pas la ville. Comme prévu, ils prendraient la route un mardi matin. Aussitôt arrivé chez son ami, Patrick Berthet était parti avec lui pour Marseille et Antibes. Enfin, tout cela n'était pas très clair dans les SMS, mais ils seraient de retour le dimanche, deux jours avant l'arrivée du couple.

Pour sa part, Louis en avait fini avec son séjour en Provence et s'invita un soir sur le petit patio d'Alexandre. Mara aimait sa compagnie. Ses discours, ses envolées, ses digressions la faisaient rire souvent, l'intéressaient toujours. Ce soir-là, il développa une théorie autour de l'influence néfaste des téléphones intelligents sur les capacités cognitives des humains. En outre, insista-t-il, l'utilisation du GPS excluait toute possibilité au conducteur ou au simple promeneur de se perdre. Or, quand on voyageait, par exemple dans une ville étrangère, s'égarer ou chercher sa route permettait aussi de découvrir des lieux auxquels on ne s'attendait pas, de tomber sur une merveille, une curiosité oubliée par les guides touristiques. Le hasard, le pas de côté, l'errance, la surprise ouvraient un champ des possibles réduit à néant par la géolocalisation assistée. De même, demander son chemin à quelqu'un dans la rue – démarche qui disparaissait selon lui – offrait une opportunité de rencontres concrètes, d'échanges, de dialogues plus riches que les signaux et les indications des écrans. Dans les détails, la théorie se discutait, mais dans l'esprit, un être sensible ne pouvait qu'approuver la démonstration. Alexandre revint à des préoccupations plus prosaïques, bien que non sans rapport avec le fond du propos, en lui demandant s'il pourrait rendre visite au chat pendant leur absence. Monsieur Fernand serait sans nul doute disponible également, et par ailleurs il ne voulait pas solliciter sa tante Florence déjà bien occupée.

— C'est ta tante dermato ? demanda Louis.

— Oui, elle a son cabinet place des Carmes.

— Il faudrait que je la consulte. Dès que je vois un con, j'ai de l'urticaire, des démangeaisons, des rougeurs.

Je suis atteint de conophobie aiguë ! C'est grave ? Bon, je file. Rien à voir avec ce que j'ai dit juste avant ! Je dois repasser à l'hôtel, puis j'ai rendez-vous avec une jeune fille à laquelle je vais conter fleurette…

Alexandre aimait aussi Louis parce qu'il était l'un des derniers ou le dernier Français à dire « conter fleurette », « sensass », « se mettre la rate au court-bouillon », « épatant »… Cet attachement à des mots ou à des expressions disparus signait un caractère et une sensibilité que seuls des distraits auraient confondus avec du snobisme.

Ce sont une autre langue, un autre vocabulaire avec lesquels Mara et Alexandre s'acclimatèrent sous le soleil de Sète en faisant la connaissance de Jean-François Perrotta, l'ami de Patrick Berthet. Avant tout, son accent résolument marseillais avec des intonations pied-noir et des touches italiennes faisait chanter les moindres mots dans des mélodies méridionales. Il disait « Tié » au lieu de « Tu es », la plupart de ses phrases commençaient par « Oh ! » ou « Hé ! » Mara avait garé la Coccinelle au parking surplombant le marché couvert, Perrotta et Berthet attendaient le couple sur la terrasse bondée d'un café à droite du marché. Patrick fit les présentations, mais pour son ami, Alexandre se nommerait désormais « Fils » et Mara « Ma belle ». Perrotta commanda deux demis, un verre de blanc et un panaché, « bieng blanc, hein ! » Patrick proposa une nouvelle tournée qui se heurta à une opposition ferme.

— Oh ! Avec ce cagnard, la poiscaille va pas tarder à emboucaner. Faut y aller, là…, dit Perrotta en désignant les sacs en plastique à ses pieds.

Son appartement se situait à cent mètres de là, au troisième étage d'un vieil immeuble bourgeois. Deux grands salons, mêlant mobilier contemporain et ancien, communiquaient avec une cuisine américaine dotée d'une table bar. Des toiles et des photographies en noir et blanc, de vues ou de paysages que l'on pouvait raisonnablement supposer de la région, ornaient les murs. Près d'une porte-fenêtre découvrant un petit balcon, une statue évoquant les créations de Giacometti regardait vers l'extérieur. Des plantes encadraient les autres ouvertures. Dans un coin, une grande malle en cuir attirait la curiosité. Mara complimenta le maître des lieux pour son appartement. « C'est mon ex-femme qui s'est chargée de la déco. Elle adore ça », répondit Perrotta qui présenta aux nouveaux venus la chambre – « la bleue », chacune des quatre étant dédiée à une couleur – qui leur était réservée. Un écran de télévision fixé au mur et les bouteilles d'eau minérale sur les tables de nuit autour du lit lui conféraient un air de chambre d'hôtel.

Ils déjeunèrent d'huîtres, de couteaux et de belles soles. Lors du repas, Mara et Alexandre apprirent que cet homme de cinquante-neuf ans – on lui donnait plutôt l'âge de Patrick, soit cinquante-trois – aux cheveux poivre et sel possédait des parts dans des restaurants de Sète et de la côte. Un temps « apporteur d'affaires », il avait aussi travaillé dans l'import-export. L'impression d'entendre son père, qui opinait du chef, fit sourire Alexandre. Plus originale fut son activité d'agent de joueurs de football au tournant des années 2000. « Enfin, intermédiaire plus qu'agent », précisa-t-il tout en confiant qu'il avait piloté les transferts de deux stars de l'OM en Italie. Alexandre en profita pour glaner quelques anecdotes dont Arnaud ferait son miel. Quoi qu'il en soit, Jean-François Perrotta paraissait avoir réussi, impression confirmée par la suite tant par son parc automobile – un SUV Mercedes, un coupé Aston Martin, une Lancia de collection – que par ses vêtements parmi lesquels des costumes Corneliani en lin et des sneakers Santoni. En revanche, il ne portait ni montre ni bijou, ces marqueurs sociaux tellement prisés par les riches.

Si, de temps en temps, Mara et Alexandre s'échappaient afin de visiter Sète à pied, Jean-François insista pour servir de guide dans la ville comme dans les lieux des alentours qu'il jugeait dignes d'intérêt. De Bouzigues à Marseillan, les jeunes gens furent comblés. Patrick ne bouda pas non plus son plaisir lors d'un déjeuner dans une guinguette festive sur l'étang de Thau. Perrotta n'aimait pas se baigner mais déposait le couple et son ami sur des plages privées où il les retrouvait vers quatorze heures pour s'attabler. Au restaurant, il payait toujours en liquide, ou bien ne payait pas, invité par la maison. Il connaissait tout le monde : des serveurs ou serveuses aux patrons et aux clients. Chaleureux, blagueur, amical, il serrait les mains, faisait des bises, donnait des accolades, tel un homme politique en campagne électorale. À l'inverse de Patrick, Mara et Alexandre étaient gênés d'être constamment invités. Alexandre en fit part au généreux bienfaiteur en réclamant un soir l'addition après un dîner à Bouzigues.

— Oh, fils ! Tié malade ou quoi ? Ici, vous êtes chez moi. Si un jour, je viens chez vous, c'est vous qui régalerez. Là, c'est pour moi.

Comment le remercieraient-ils quand même ? Jean-François ne buvait pas d'alcool, ne fumait pas, ce qui excluait de belles bouteilles ou des cigares. Il n'avait pas dû ouvrir un livre – sauf un livre de comptes – depuis le collège. Mara trouva la solution la veille de leur départ en lui faisant livrer une belle composition florale et une plante. Avant cela, Perrotta leur avait promis une soirée de fête au *Moloko* – qui faisait office de bar de nuit et de boîte de nuit ainsi que de restaurant de vingt heures à vingt-trois heures – que tenait sa fille. Selon le père, l'établissement branché, situé dans une rue donnant sur les quais, valait le détour. Le vendredi soir, ce serait l'anniversaire de l'endroit ouvert deux ans avant.

— On va y aller tôt, je vous présenterai ma fille et on mangera un bout, prévint Jean-François.

Sa fille, Marine, l'avait rejoint à Sète voici trois ans. De l'âge de douze ans jusqu'à récemment, il ne l'avait que très peu vue. Sa mère – la première des trois épouses de Jean-François – en avait obtenu la garde et était allée vivre en Californie. À sa majorité, Marine travailla dans la restauration sur la côte Ouest puis à New York et Saint-Barth avant de retrouver la France et son père.

— En fait, on ne se connaît vraiment que depuis trois ans. On rattrape le temps perdu..., confia-t-il.

Stupéfait, Alexandre se demanda s'il existait un club, une association, une franc-maçonnerie rassemblant les pères qui avaient abandonné leurs enfants ou qui ne s'étaient pas occupés d'eux. Ou bien se reconnaissaient-ils et devenaient-ils amis ? Les situations de Marine et de la sienne étaient certes différentes – Patrick Berthet détenait la palme d'or de l'abandon –, mais la même absence du père le sidéra. Face au silence de ses trois interlocuteurs après cet aparté intime, Perrotta changea de sujet en vantant les mérites du *Moloko*.

— Y'a une bonne ambiance, sympa, classe et décontractée en même temps, pas prise de tête.

Avertis du climat régnant au *Moloko*, Mara et Alexandre s'habillèrent en conséquence. Dans une boutique de Sète, elle acheta une petite robe noire de soirée pas tape-à-l'œil. « Ballerines noires ou petits talons ? » demanda-t-elle dans la chambre. Il choisit les talons. De son côté, dans les vêtements qu'il avait apportés, Alexandre opta pour un chino bleu clair, une chemise blanche et la veste légère bleu marine qu'il ne quittait guère l'été. Patrick apparut tout de noir vêtu : jean, polo et veste de costume un peu chaude pour la saison, mais très élégante. Plus original, Jean-François portait une inévitable veste en lin, jaune, avec une chemise blanche et un jean rose pâle. Ils allèrent au *Moloko* à pied, l'établissement n'étant qu'à environ cinq cents mètres de l'appartement. Trois portiers, avec oreillettes, sanglés dans des uniformes noirs – veste, tee-shirt, jean – s'ennuyaient quand le quatuor emmené par Jean-François Perrotta se présenta. Au moins l'un des portiers le reconnut et leur ouvrit les portes. À l'intérieur, il n'y avait pas encore affluence. À son habitude, Jean-François serra des mains, donna des bises, tapa sur les épaules. Le chef de salle les dirigea vers l'un des deux carrés VIP de l'endroit, trois canapés bordeaux entourant une table basse qui surplombaient la piste de danse autour de laquelle s'étiraient des comptoirs où l'on pouvait boire ou se sustenter. Jean-François héla un serveur : « Une bouteille de San Pé pour moi, du champagne pour mes amis s'il te plaît. » Les boissons servies, ils trinquèrent et Perrotta arrêta cette fois une serveuse.

— Ma chérie, tu nous apportes de quoi grignoter s'il te plaît ? Des toasts de tapenade, des supions, des petites tielles, des crevettes… Tu vois ? Un ensemble.

— Elles viennent pas du Brésil au moins les crevettes ? demanda Patrick.

— Putaing, tié con ! s'esclaffa son ami.

Personne ne pouvait comprendre l'allusion à part eux. La commande arriva rapidement, la tablée tapa dedans avec voracité. Il était vingt-deux heures passées et les appétits répondaient présents. Jean-François commanda une autre tournée de petites assiettes et une nouvelle bouteille de champagne quand, enfin, sa fille apparut. Pour une apparition, ce fut une apparition. Marine surgit d'un couloir réservé au personnel derrière l'un des comptoirs, traversa la salle et se dirigea vers le carré VIP où trônait son paternel. Ils s'enlacèrent, elle se présenta.

— Ici, on en fait trois! avertit Marine au sujet des bises.

Dans une robe rouge sang très moulante, très courte et très échancrée, la trentenaire bronzée, mince mais avec les rondeurs que nombre d'hommes apprécient chez le sexe opposé, présentait les caractéristiques basiques de la « bomba latina » avec une coiffure qui la faisait ressembler à Jennifer Lopez. Elle s'assit quelques minutes avec eux, trempa ses lèvres dans une coupe de champagne, puis retourna aux obligations de la soirée en promettant de les revoir.

— Tu devais vraiment l'appeler Marine? demanda Patrick, l'air chagrin.

— Pourquoi tu dis ça?

— Ben... Par rapport à l'autre... Marine...

— Ma fille est née en 1983, comment je pouvais savoir?

— Je te charrie!

Perrotta fit semblant d'armer une droite en levant le poing et se confia brièvement sur ses rapports avec sa fille.

— Je suis comme tous les pères : inquiet, omniprésent, aux petits soins… Je pense à son avenir.

Peu disposé à disserter sur les vertus supposées des pères, Patrick Berthet jugea bon de changer de sujet et orienta la conversation vers le *Moloko*. Régulièrement, des hommes venaient saluer Jean-François, sans s'attarder, mais avec respect. Cela avait un petit côté *Parrain*. Il justifia le ballet des hommages à ses invités en expliquant qu'il « rendait des services ». Alexandre se demanda comment on pouvait appeler cette activité : « rendeur de services », « facilitateur », « philanthrope » ? Il aurait bien aimé aussi avoir un traducteur lorsque Perrotta et son père s'offraient des apartés en portugais. Le *Moloko* s'était maintenant copieusement garni et avait résolument basculé dans son versant boîte de nuit comme en attestait le volume de la musique qui aurait suffi à lui seul à enivrer l'assistance. Dans cette foule bigarrée, on croisait des décolletés vertigineux, des jeans savamment lacérés, des minijupes en dentelle, des chemises en soie, des sandales aux semelles exagérément compensées, des diamants et des bracelets brésiliens à deux sous, des lunettes noires et des piercings. Les bronzages auraient fait hurler un dermatologue. Heureusement, Florence n'était pas là. Des tatouages semblaient exprimer quelque chose, mais l'on ne savait quoi. Sexagénaires déguisés en jeunes et visages botoxés effaçaient par moments les âges à la faveur des jeux de lumières. L'élégance le disputait à la vulgarité. De certains individus, on n'aurait su dire s'ils étaient hommes politiques ou trafiquants de drogue, footballeurs ou prostitués de luxe. Postées au bar, des jeunes filles lasses aux allures de mannequins paraissaient attendre l'arrivée d'un bus ou d'un métro.

La programmation du DJ épousait la diversité des profils et des générations, passant de tubes électro à des succès des années 1970. *Get Lucky* de Daft Punk fit monter la pression, une version techno du *Bambino* de Dalida ralluma des énergies faiblissantes. Patrick Berthet ne pouvait rester insensible à l'ambiance. Sur le célèbre thème de Nino Rota du *Huit et demi* de Fellini, habillé pour l'occasion d'accents électroniques, il lança une chenille remportant une franche adhésion malgré de rares défections collatérales. Tandis qu'un serveur, debout sur un comptoir, encourageait l'initiative en frappant avec une cuillère sur un seau à champagne transformé en percussion, un sexagénaire bedonnant s'écroula en entraînant sa voisine dans la chute. Une femme en tenue de soirée cassa l'un de ses talons et poursuivit la chenille pieds nus, ce qui donna à d'autres l'idée de se débarrasser d'escarpins trop hauts et douloureux. Toutes ces chaussures abandonnées ressemblaient à des petits soldats tombés au champ d'honneur.

Mara et Alexandre observaient ce ballet entre amusement et fascination. Cela faisait deux ou trois ans qu'Alexandre n'était pas allé en boîte de nuit et il avait oublié ce mariage d'eaux de toilette et de transpiration qui en est la signature olfactive malgré les efforts des climatisations et des diffuseurs de parfum d'ambiance. Dans l'autre carré VIP, il repéra une belle quadragénaire perdue au milieu d'une compagnie enivrée. Elle buvait un Spritz, le cocktail des gens qui ne boivent pas, et portait sur son visage l'habituel concentré de tristesse et d'amertume qui peuple ces lieux au-delà des rires, des danses, des fausses étreintes. À un moment, Jean-François quitta son fauteuil et Patrick pour se diriger vers l'un des comptoirs où un trentenaire aux lunettes noires et à la chemise blanche largement ouverte s'entretenait avec une jeune fille.

— Hé, tié allé deux fois aux toilettes en une demiheure. Tia un problème de vessie ou quoi ? Putaing, tu pourrais au moins te nettoyer le nez, on voit que t'es enfariné à un kilomètre !

— Tu sais à qui tu parles, connard ?

— Tié dégun baltringue. Dégage...

Perrotta accompagna son ordre, qui serait sans doute resté lettre morte, d'un geste du bras droit en claquant des doigts comme un directeur de salle appelant l'arrivée d'un gâteau d'anniversaire ou d'une bouteille de champagne. À défaut de telles réjouissances, deux videurs surgirent et exécutèrent l'ordre du père de Marine : « Virez-moi ce tocard. » Patrick félicita son ami.

— Bravo, tu as l'œil...

— Il suffit d'un con de ce genre pour que le bouclard prenne six mois de fermeture administrative ou pour que la flicaille vienne tourner ici tous les soirs.

J'ai peut-être l'œil, comme tu dis, mais putaing, je me sens vieux certains jours…

— Tu n'es plus tout jeune et il fait nuit, commenta Patrick en brandissant sa main que Jean-François claqua.

Mara et Alexandre firent leur retour avec deux grands verres d'eau. Il était plus de quatre heures du matin et le public commençait à refluer. Le volume sonore s'était mis au diapason et de la musique lounge régnait maintenant en maître en indiquant gentiment que la fête était presque finie.

— Oh, les jeunes, si vous êtes fatigués, on rentre. Vous me dites. J'avertis Marine et on plie les gaules.

Leur silence valait approbation. Marine vint leur dire au revoir, demanda s'ils s'étaient bien amusés. Ils la rassurèrent et lui firent chacun trois bises en la remerciant. Dans la rue, Jean-François et Patrick ouvraient la voie. Mara et Alexandre suivaient en se tenant par les hanches tels deux blessés qu'ils n'étaient pas.

Chapitre XXII

Lors de leur départ de Sète, Jean-François fit promettre à Mara et Alexandre de l'avertir s'ils revenaient ici ou dans la région. Ils lui adressèrent la même amicale injonction. Patrick allait rester là quelques jours supplémentaires. Il prit à part son fils.

— Sinon, à mon retour, cela ne te dérange pas si je reviens chez toi un petit moment ? Tu sais, avec Marlène, c'est un peu tendu. Puis, elle est trop jeune pour moi. L'écart d'âge, on a beau dire, cela compte. Je ne peux pas lui demander d'avoir la maturité et les responsabilités d'une personne de cinquante-trois ans…

Ce type est vraiment incroyable, se dit Alexandre. En quelques semaines ou quelques jours, Marlène était donc devenue « trop jeune ». L'écart de près de trente ans ne l'avait pas choqué outre mesure jusqu'alors. Quant à entendre le mot « responsabilités » dans la bouche de Patrick Berthet, cela en était presque comique. Posant un voile de mansuétude sur ses pensées, son fils le rassura.

— Oui, bien sûr, tu peux revenir. On doit bientôt aller voir les parents de Mara dans le Lot. L'appartement sera libre, mais cela ne veut pas dire pour l'éternité et tu ne peux pas squatter non plus l'hôtel de Louis à durée illimitée...

— *No problemo*, tu me connais..., répondit-il en fronçant les sourcils, comme s'il était vexé.

Le fait de connaître – un peu, mais dans l'essentiel de son comportement et de son caractère – Patrick Berthet incitait précisément à l'inquiétude, mais Alexandre lui était reconnaissant de ces dernières semaines, de la Costa Brava chez Maréchaux, de Sète chez Perrotta, de ces souvenirs désormais communs. Dans la voiture, il prévint Mara du retour provisoire de son père qu'elle accueillit sous un angle pratique en soulignant qu'il s'occuperait du chat durant leur absence.

— Oui, enfin, je demanderai quand même à monsieur Fernand de passer si je ne veux pas retrouver Oscar déshydraté ou affamé. Puis, comme ça, il me tiendra au courant de la situation. Je n'ai pas envie que mon père transforme l'appartement en *Moloko* ou qu'il y installe une nouvelle copine, maugréa Alexandre.

— Qu'est-ce que tu es bougon ! Fais confiance un peu aux gens. Tu ne vois que leurs mauvais côtés. Ton père a été très bien en Espagne et à Sète...

— Oui, il est très accueillant, surtout chez les autres. Tu as remarqué ? Bon, arrêtons, je n'ai pas envie que l'on se dispute à cause de lui.

— Entendu, monsieur Berthet.

Mara l'avait mouché avec douceur en lui renvoyant ce patronyme qu'il porterait jusqu'à sa mort et elle avait peut-être raison. Il en voulait à son père pour le passé, pas réellement pour ces derniers mois. Certes, il s'était révélé décevant, inconséquent, horripilant, mais – et cela coûtait à Alexandre de le reconnaître – Patrick Berthet avait *fait des efforts*. À ce jour, il ne regrettait rien de son retour dans sa vie. C'était mieux que rien, c'était un peu mieux qu'avant. Oui, il était sans doute trop sévère avec lui. Il posa un baiser furtif sur la joue de Mara. Elle quitta brièvement l'autoroute des yeux et lui adressa l'un de ces sourires qui avaient changé son existence. Ce bonheur, ici et maintenant, existerait toujours.

Les amoureux avaient trois jours devant eux avant de gagner le Lot. Des grasses matinées, un après-midi piscine chez un ami d'Arnaud qui habitait à l'extérieur de la ville, un dîner sur le patio avec une amie et collègue de Mara répondant au prénom non moins courant de Myrtille, quelques verres avec Louis sur la terrasse du *Tire-Bouchon* ponctuèrent l'intermède. Alexandre en profita également pour téléphoner à plusieurs reprises à sa tante Florence entre ses rendez-vous professionnels et sa présence chez Diane. L'état de celle-ci avait empiré, mais sa plus proche famille n'en était apparemment pas troublée. Le mari et les enfants devaient rentrer prochainement sans pour autant écourter leurs vacances. Du côté des parents et des frères, l'été se déroulait comme prévu. Pourquoi s'en faire puisque Florence assurait les gardes ? Heureusement, sa tante recevait le renfort d'Irène. À ce propos, Florence avertit son neveu que le dîner qu'ils avaient envisagé en compagnie de Patrick et d'Irène ne pourrait avoir lieu avant le retour de quelque présence familiale autour de Diane. De toute façon, son père étant encore à Sète, Mara et lui s'apprêtant à partir dans le Lot, Alexandre émit l'idée, si tout le monde était disponible, de remettre cela courant août.

C'est donc une autre famille qu'il retrouva dans la ferme des Maulin. Il revit avec plaisir Jean-Louis et Anne et fit connaissance avec une lignée de frères, sœurs, cousins, oncles ou tantes, grands-parents – agriculteurs eux aussi pour la plupart – dont il avait parfois du mal à retenir les prénoms et les filiations. Enfin, il rencontra Bérénice, la sœur de Mara, une grande brune aux cheveux longs qui usait d'une ironie mordante sans méchanceté. Elle avait abrégé un séjour en Bretagne avec des amis afin de profiter de ses derniers jours de vacances auprès des siens. Fraîchement célibataire, l'infirmière de vingt-cinq ans venait de se séparer d'un petit ami paresseux et entendait fêter la bonne nouvelle. Son allant, son énergie étaient contagieux. On sentait des étincelles dans l'air, des promesses, de l'éphémère durable. Le 15 août tombait un mardi et les repas de famille débutèrent dès le vendredi précédent.

Des déjeuners à vingt ou trente convives se succédèrent chez les parents de Mara ou chez l'une de ses tantes. On installait des tables à l'ombre des arbres ou de parasols. Le soleil tapait fort. Les repas s'étiraient. Des enfants galopaient entre chiens et chats. Des voisins de passage ne se faisaient pas prier pour s'attabler. Le vin rouge râpait le gosier, le vin blanc trouait l'estomac, mais l'armagnac et les eaux de vie anesthésiaient ces petits désagréments. Tout était joyeux. Même les guêpes et les frelons n'étaient pas méchants. Des chansons de Charles Trenet avaient dû peindre le tableau. On blaguait, on riait beaucoup. Il y avait des accents à couper au couteau, avec plein de cailloux et de roulements dans les gorges. Sans autre passeport que celui de petit ami de Mara, à trois heures de voiture de chez lui, Alexandre découvrait un pays étranger fait de granges, de tracteurs, de champs, d'animaux, de serres, d'outils et de machines bizarres, de bottes de paille et de bottes en caoutchouc. Sur les routes et chemins, on ne croisait pas de vélos, ni de trottinettes. Cela était dépaysant et reposant. Seuls les ados signalaient que l'on était bien en 2017. Ils arboraient, peu ou prou, les mêmes vêtements et baskets siglés que leurs congénères citadins. Eux aussi regardaient des vidéos sur leurs smartphones en s'esclaffant.

La nuit, Alexandre ne se lassait pas de regarder les étoiles dans le ciel, ces étoiles que l'on ne voyait plus depuis si longtemps dans les grandes cités. Le silence également le surprit. Ce silence qui donnait le sentiment d'être seul avec le monde et avec l'au-delà, en communion. Après les agapes de la journée, ces pauses régénéraient le cerveau et l'âme. Dans cette campagne ordinaire, les rapports humains apparaissaient plus simples, naturels, sains, solidaires, dénués des artifices des vies urbaines. Ici, on vivait encore ensemble. Jeunes et vieux, parents et grands-parents. On ne devait pas abandonner souvent femme et enfant sous ces latitudes. On devait s'occuper de ses malades et non les confier à d'autres. Un après-midi, alors qu'ils étaient seuls, assis à l'ombre sur un vieux banc agrémenté de coussins usés, Alexandre s'ouvrit à Mara des vertus qu'il croyait déceler chez ceux qui n'avaient pas rompu avec la terre et la nature. Elle sourit et, sans le contredire frontalement, en reconnaissant que des formes d'entraide et d'humanité subsistaient sans doute ici plus qu'ailleurs, elle ajouta : « Mais, tu sais, les gens sont les gens. Ils sont à peu près les mêmes partout. En bien comme en mal. »

Cette lucidité de bon sens l'ébranla. Oui, il se laissait sans doute aller à l'idéalisation et à la naïveté du Candide. Arnaud lui avait dit un jour que personne au monde n'en savait plus sur la nature humaine que les notaires, grâce notamment aux successions et héritages susceptibles de déchirer les familles les plus unies. Or, il était à craindre que successions et héritages ne soient pas moins féroces ou brutaux dans les campagnes que dans les villes. Balayant ces pensées, Alexandre dit une nouvelle fois à Mara qu'il voulait lui faire rencontrer sa tante Florence, « une vraie bonne personne ».

Ce qui fut fait cinq jours plus tard lors d'un dîner sur le patio de son appartement. De retour de Sète, Patrick Berthet avait répondu à la suggestion avec enthousiasme. Pour sa part, Florence respirait enfin un peu, le mari de Diane ayant pris le relais au chevet de sa femme. Seule Irène, absente pour cause de vacances, manquerait à l'appel. À sa grande surprise, Alexandre entendit son père prévenir qu'il préparerait « deux petites entrées de saison » : un carpaccio de Saint-Jacques agrémenté de cumbava et d'agrumes, ainsi qu'une salade de melon à la feuille de menthe et au Campari. Depuis quand cuisinait-il ? Était-ce Marlène qui l'avait initié à de tels penchants ? En tout cas, il en avait été avare jusqu'à présent sous le toit d'Alexandre qui, de son côté, se consacrerait à la cuisson d'un gigot d'agneau. Les entrées de Patrick suscitèrent l'admiration générale que le cuisinier reçut avec la modestie des grands maîtres : « Oh, ce n'est rien de très compliqué et avec de bons produits on ne peut pas se tromper… »

Avant cela, les retrouvailles de Patrick et de Florence eurent lieu dans une profusion d'accolades et d'embrassades. « Si l'on m'avait dit un jour… », lâcha la tante d'Alexandre. « Et moi donc ! » répondit son père. Les inévitables « Toi non plus tu n'as pas changé », « Oh si, quand même ! », « Non, je te jure », « Et la santé ? » s'échangèrent. Ces deux-là étaient heureux de se revoir. Florence évoqua son divorce, sa fille Laura, son métier. Patrick négligea le passé et préféra parler de ses « affaires » en cours avec le flou artistique habituel suggérant leur importance. Peu importe, se disait Alexandre, l'essentiel est que nous soyons réunis. Mara vint l'épauler dans la cuisine pour la découpe du gigot. Grâce à la fenêtre ouverte, des bribes de conversation leur parvenaient. Aux « Je suis venu pour réparer des choses », « Ce qu'il s'est passé... », « Ton frère Jacques... » de Patrick répondaient « Je te comprends », « Je ne savais pas... », « Pour toi et pour lui » de Florence. À l'arrivée du gigot, les propos revinrent à des sujets plus généraux, puis ils abordèrent le sort de Diane qui fit réagir Patrick.

— Ah oui, c'est vache. À cet âge-là en plus. Mais la famille... Elle est vraiment...

Florence ne s'appesantit pas plus, n'accabla pas la famille de Diane, ce dont Alexandre se chargea.

— En résumé, Florence et son amie Irène ont pris en charge Diane depuis des semaines, voire des mois, pendant que le mari, les frères et les parents se tapent la cloche. Cela dit, dans la famille, au sens large, ou au sens étroit devrais-je dire, l'égoïsme, le « Tout pour ma gueule » et les rats qui quittent le navire, on connaît, non ?

— Quelque part, tu as raison, oui, tu as raison, répéta Patrick Berthet en s'essuyant les lèvres avec sa serviette, mais quand on ne connaît pas toutes les raisons, on n'a pas tout à fait raison, on ne peut pas juger. Vraiment pas. Ou pas vraiment.

— Ho là, ho là, tempéra Florence. On se calme. On n'est pas là ce soir pour régler des comptes. En tout cas, pas devant Mara et moi.

— Tu as raison tatie, pardonne-moi.

— Ce n'est pas à moi que tu dois demander pardon.

Ne trouvant aucun appui chez Mara qui resservait le verre de Patrick Berthet, Alexandre abdiqua.

— Pardon, ce n'est pas ce que je voulais dire…

Tout le monde trinqua.

— Je comprends, tu sais. Je comprends, souffla Patrick en tendant à nouveau son verre à Alexandre pour qu'ils trinquent ensemble.

Les verres tintèrent, Mara proposa une nouvelle tournée de gigot, Patrick approuva, suivi de son fils, Florence réclama du vin rouge, Alexandre s'excusa et revint avec une bouteille du Domaine des Terres promises en carafe. Oscar rôdait sous la table en cherchant des caresses ou du moins de l'attention. Après les glaces et les sorbets, Florence et Patrick échangèrent encore des histoires qui n'appartenaient qu'à eux et à un passé très lointain. De temps en temps, entre deux chuchotis, le prénom d'Emmanuelle surgissait. Alexandre tendait l'oreille, mais abandonnait vite. Ce n'était pas le moment, son moment. Il regarda Mara et tout se trouva justifié dans l'instant. Elle était sa grâce, son avenir.

Chapitre XXIII

— Irène voudrait te voir, lâcha Florence dans le combiné.

— Ah oui… Pourquoi ?

— Elle a bien connu ton père et ta mère, elle ne pouvait pas être là l'autre soir, mais elle tient à te parler. Je n'en sais pas plus…

Alexandre enregistra le numéro envoyé par SMS et promit de l'appeler. Une voix chaude et basse lui répondit, proposa un rendez-vous deux jours plus tard dans sa maison de Castelmaurou, non loin de la ville. Il n'osa pas lui dire qu'il ne conduisait pas, mais par bonheur un bus pouvait le déposer à cinq cents mètres de chez elle. Irène Le Marchand avait précisé 14 h 30 pour leur rendez-vous et Alexandre, arrivé dix minutes avant l'heure dite, baguenauda dans des allées propres et désertes sous vidéosurveillance avant de se résoudre à sonner avec un peu d'avance chez Irène. Le portail s'ouvrit sur une femme aux longs cheveux bruns dans une robe courte en dentelle blanche. Elle avançait pieds nus avec, derrière elle, un petit chien qui ressemblait à un renard sauf par ses aboiements.

— Je vous en prie, entrez, je suis Irène, dit-elle en tendant la main vers Alexandre. Merci d'être venu jusque dans ma campagne...

Elle était sublime, ressemblait à l'une de ces actrices italiennes qui, de Silvana Mangano à Monica Bellucci, avaient alimenté des rêves, des fantasmes et des jalousies depuis plusieurs générations. Florence aurait pu mentionner ce détail, se dit Alexandre, même si ce détail n'avait dans l'absolu rien de primordial dans la rencontre avec Irène. Elle le conduisit dans la salle de séjour où ils prirent place sur des canapés encadrant une table basse jonchée de livres. La maîtresse de maison proposa à Alexandre un thé qu'il accepta volontiers, bien qu'il n'en boive jamais. Finalement, ce n'était pas si mauvais, même sans sucre. Le regard noir d'Irène le scrutait, il avait l'impression de se présenter à un examen ou à une candidature. Puis, elle parla. Longuement, sans s'arrêter ou presque – à peine pour des « Cela ne vous dérange pas si je fume ? » ou des « Vous reprendrez du thé ? » – en étirant des histoires compliquées, lointaines, étranges, qui éclairaient la vie de Patrick, d'Emmanuelle et par là même celle d'Alexandre.

Il y eut des couperets, des vertiges, des perspectives, des flashbacks, des silences, des confessions, des révélations. En sortant de chez Irène, peu après 17 heures afin de prendre le bus qui le ramènerait en ville, Alexandre avait la tête qui tournait. Durant la trentaine de minutes que dura le trajet, il commença à mettre de l'ordre dans le flux d'informations emmagasinées. Son attention se fixa d'abord sur des détails comme Jean-François Perrotta qu'Irène avait connu dans les années 1990 et qui s'appelait alors Jean-François Di Francesco. Quel était son véritable nom ? Cela restait accessoire tout en alimentant le flou de ce temps-là. Plus tard, Perrotta et son père s'associèrent dans diverses affaires dont l'une consistant à importer des crevettes du Brésil en promettant à des investisseurs privés de copieux retours sur leurs mises de départ. Proche de Patrick et d'Emmanuelle, qu'elle avait rencontrés par l'entremise de son amie Florence, Irène s'était prise d'affection pour ce couple à la fois désaccordé et harmonieux. « Un aventurier et une bourgeoise », avait-elle dit en prenant soin de mentionner que le mot « bourgeoise » n'était pas péjoratif dans sa bouche et qu'elle-même se considérait comme telle. Si Emmanuelle l'avait séduite par son humour, sa liberté et son élégance, c'est surtout Patrick qui la toucha par son côté « chien dans un jeu de quilles, déplacé, maladroit, orphelin, fantasque ».

— Je vous prie de croire qu'il n'y a rien eu entre nous. J'aimais votre père à la manière d'une grande sœur. Puis, je me reconnaissais dans son indifférence quant aux conventions. Je venais de rompre avec ma famille, enfin avec mes parents, et nous partagions cette absence d'attaches, précisa-t-elle.

Ainsi que Florence y avait fait allusion, Irène confirma que la belle-famille de Patrick Berthet ne l'avait jamais accepté. Son récit était cependant plus précis que celui de sa tante. Ce n'était pas seulement un vague mépris social qu'il avait dû subir de la part des parents, du frère et de la sœur d'Emmanuelle, mais une hostilité sournoise, tenace, qui pouvait avancer derrière des sourires et des compliments. La naissance d'Alexandre fut considérée par les Rives comme un coup bas et une déclaration de guerre.

— Ils n'avaient rien contre vous, vous étiez le fils d'Emmanuelle, mais ils ont tout fait dès lors, en particulier votre grand-père et votre oncle, pour lui savonner la planche, plomber ses projets, ternir sa réputation en ville. Il n'en parlait pas à votre mère, ne voulait pas la blesser ni l'attirer dans ses problèmes. Je lui disais qu'il avait tort, il ne m'écoutait pas... Il faut dire que Patrick prêtait le flanc aux coups bas. Par naïveté, il pouvait se lier à des personnes plus ou moins recommandables. En 1994, il se lança avec Di Francesco dans cette affaire de crevettes brésiliennes avec un troisième homme, dont le nom m'échappe, et qui les piégea, eux et leurs investisseurs, essentiellement des notables locaux, dans une pyramide de Ponzi. Ils furent dénoncés à la justice, en l'occurrence par le frère d'Emmanuelle, ainsi que Patrick l'apprit par les confidences d'un enquêteur. C'est peu après qu'il coupa les ponts et partit en Amérique du Sud avant qu'un mandat d'arrêt international ne soit émis...

Dans ce séjour lumineux de maison de campagne, face à une inconnue, Alexandre plongeait au cœur du scénario d'une mauvaise série B hollywoodienne. Irène fut l'une des très rares à demeurer en contact avec Patrick Berthet après ses déboires, elle lui trouva un avocat pugnace, en outre ennemi intime des Rives. Arrêté et détenu un temps à Rio pour usurpation d'identité, il fut extradé en France, jugé, condamné à six ans de prison ferme et à de forts dommages et intérêts pour l'escroquerie aux crevettes. Jacques Rives entra en contact avec l'avocat de Patrick pour soumettre un marché informel : la famille épongerait la quasi-intégralité de ses dettes contre sa disparition totale de la vie d'Emmanuelle et de leur fils ainsi que la promesse de ne rien dévoiler de cet accord. Ce qui fut fait.

— Ma mère était au courant de tout cela ?

— De l'accord, non, bien sûr. Patrick tenait à la préserver. De sa cavale, en partie. J'étais chargée de lui donner discrètement des nouvelles quand j'en avais, toujours en face à face, pas au téléphone ni par écrit. Une fois incarcéré, il a accepté de n'avoir plus aucun contact avec Emmanuelle et vous. Quand votre mère est tombée malade puis est décédée, il était encore en détention à la Santé. Il est sorti fin 2002, son avocat lui a fortement conseillé de respecter l'accord passé avec votre oncle, de refaire sa vie, de tourner la page… Il était encore jeune…

— Et ma tante Florence, que savait-elle ?

— Je ne sais pas. Uniquement ce qu'a pu lui dire Emmanuelle, donc pas grand-chose. Patrick ne m'avait pas donné d'autre interlocuteur que votre mère.

— Et vous, vous êtes restée en relation avec mon père après sa sortie de prison ?

— Un peu au début, puis de loin en loin, puis plus du tout. Je pense qu'il ne voulait plus avoir affaire avec les gens liés à cette époque et à cet épisode. Je le comprends, même si son silence m'a gênée sur le moment. Je l'ai trouvé ingrat, mais on ne peut pas se mettre à la place des gens. Il lui fallait oublier, aller de l'avant.

— Il vous parlait de moi ?

— Je me souviens qu'il voulait vous écrire, vous envoyer des cadeaux. Je lui disais que ce n'était pas la meilleure idée au monde. Son avocat aussi. J'espère que vous en m'en voulez pas…

— Non, non… C'est loin de toute façon…, balbutia Alexandre avec une boule dans l'estomac qui remontait jusqu'à la gorge pour donner à sa voix une intonation inhabituelle.

— Je vous ai vu une fois ou deux, au *Rémusat*, le café-brasserie où j'avais parfois rendez-vous avec votre mère. Vous étiez mignon, sage, souriant et un peu triste. « C'est mon rayon de soleil », disait Emmanuelle. On parlait en espagnol pour que vous ne compreniez pas. Bon, j'espère ne pas vous avoir déçu ni peiné. Quand j'ai appris que Patrick était de retour et qu'il vous voyait, j'ai dit à Florence que je devais vous parler. Pour vous, pour moi, pour Emmanuelle… Dites à Patrick que cela me ferait plaisir de le revoir.

— Oui, bien sûr, je vous avais invitée l'autre soir, mais vous étiez en vacances.

— Non, j'ai menti à Florence. Je ne me sentais pas capable de venir à ce dîner sans vous avoir parlé avant.

— Oui, je comprends.

— Vous ne m'en voulez pas, vraiment ?

— De quoi ?

— De tout ce que je vous ai dit, de tout ce passé que vous n'aviez peut-être pas envie de connaître et que je vous ai imposé...

— Non, au contraire, je vous remercie. Je vais y aller maintenant...

Ne sachant vraiment comment se dire au revoir, ils se serrèrent dans les bras. En le raccompagnant à la porte, Irène le scruta de ses yeux très noirs et lui dit : « Vous ressemblez à votre père, jeune. »

Chapitre XXIV

Son père n'était pas à l'appartement quand Alexandre rentra de chez Irène. Il retrouva Mara en train de lire sur le patio sous la surveillance d'Oscar.

— Tout va bien, mon cœur ? Tu as l'air patraque…

— Oui, tout va bien. Comme je te l'avais dit, je suis allé chez Irène, l'amie de Florence et de ma mère. On a parlé. Enfin, elle a parlé. Je digère, j'essaie de comprendre… Je vais te raconter, c'est une histoire un peu folle.

Alexandre avait envie de prendre l'air. Il proposa d'aller jusqu'au Jardin des plantes et c'est en marchant, sans réellement croiser le regard de Mara, qu'il lui narra le récit d'Irène. Arrivés au Jardin, ils s'assirent sur un banc, non loin de l'endroit où ils s'étaient rencontrés, mais ce détail ne frappa aucun d'eux. Qu'allait-il faire de ces révélations ? Que changeaient-elles ? Rien quant au passé, bien sûr. Beaucoup de choses quant à l'avenir. Alexandre ne pouvait plus considérer ni juger son père de la même façon. Malgré ses fautes, Patrick Berthet était aussi une victime. Victime de sa belle-famille, enfin d'une large part de celle-ci, victime de personnages douteux et malgré tout responsable de ses liaisons dangereuses. Son père, pensait-il, était trop fier aujourd'hui encore pour endosser ce statut de victime. Pas son genre. Et il avait vraisemblablement raison. En outre, il n'avait pas rejeté l'accord proposé par oncle Jacques. L'argent pouvait donc tout acheter ou presque, jusqu'aux sentiments, aux liens du sang. À combien s'était élevée la promesse de quitter femme et enfant ?

— Il aurait peut-être été préférable de ne rien savoir de ce nœud de coups bas, de trahisons, de corruption…, souffla Alexandre.

— Non, je ne crois pas, dit Mara, restée longtemps silencieuse. Il vaut toujours mieux connaître la vérité, ou une part de la vérité, que de vivre dans le mensonge. Pardon pour la banalité…

— À moins qu'il soit plus simple de vivre avec des malentendus que de tenter de rétablir la vérité, répondit-il en souriant.

Elle lui prit la main gauche, la porta à ses lèvres pour y poser un baiser. Ils dînèrent au restaurant, parlèrent de cinéma, d'Arnaud qui proposait un week-end chez ses parents dans le Gers. Le lendemain, Alexandre appela Florence. Dans un café, à côté de son cabinet, il lui rapporta la conversation avec Irène. Sa tante ne connaissait pas le passé carcéral de Patrick Berthet ni l'accord passé par son frère Jacques. Troublée, elle ne remettait pas en cause le récit de son amie Irène sans parvenir à en accepter toutes les dimensions. Lorsqu'ils se séparèrent, elle lui dit que la santé de Diane se détériorait de jour en jour, que l'issue était proche. En effet, elle décéda six jours plus tard. Entre-temps, Patrick Berthet avait trouvé un logement, un T2 meublé proche de la place Jeanne-d'Arc, par l'entremise de Louis. La surprise digérée, Alexandre fut partagé entre soulagement et regrets. Il ne voulait pas de son père chez lui, mais s'était habitué à sa présence alternative, se sentait maintenant prêt à aborder avec lui les questions le taraudant. Le fait qu'il soit encore en ville le rassura cependant. Patrick Berthet n'avait pas décidé de disparaître de sitôt, même si, avec lui, les certitudes demeuraient aussi fragiles qu'un château de sable.

Quand il apprit le décès de Diane et ses prochaines obsèques en Ariège, Alexandre demanda à son père de l'accompagner. Celui-ci rechigna, argua que ce n'était pas le meilleur moment pour revoir la famille d'Emmanuelle au-delà de Florence. Le fils insista, jugea qu'il n'y aurait jamais de « bon moment » pour des retrouvailles et qu'un enterrement n'était pas le pire. « Je voudrais que tu sois là », conclut Alexandre d'un ton où l'emploi du conditionnel valait celui de l'impératif. Il avertit par téléphone oncle Jacques de la présence de son père. Après un silence de plusieurs secondes, Jacques conclut d'un « Très bien, si tu le souhaites » chargé de désapprobation résignée.

C'est dans la Coccinelle de Mara qu'ils se rendirent dans le village où auraient lieu la messe et l'inhumation.

En ce vendredi de la fin du mois d'août, le soleil brillait insolemment. Une centaine de personnes se pressaient devant l'église en attendant l'arrivée du cercueil. À l'intérieur, on prit place en rangs serrés. Alexandre, Mara et Patrick se postèrent vers le fond. Les mouchoirs étaient de sortie. Un peu partout, on reniflait bruyamment. Certains se prenaient dans les bras. Le chagrin se portait en bandoulière. Le mari fit un bref éloge funèbre un peu spécial au cours duquel, à défaut d'évoquer la vie et la mémoire de la défunte, il fit part de l'épreuve qu'avait été pour lui la maladie de son épouse et remercia vivement ses vieux amis de l'avoir épaulé. Alexandre fut estomaqué de n'entendre pas le moindre remerciement ou la moindre parole à l'égard de Florence et d'Irène. En cinq minutes, « l'hommage » en forme d'exercice d'auto-apitoiement fut bouclé. Un curé peu concerné prit la suite avec quelques chants et prières. Une version instrumentale lounge de *Sounds of Silence* de Simon et Garfunkel clôtura la cérémonie avec une note kitsch.

Sur le parvis de l'église, l'ambiance se réchauffa aussitôt. Les adultes s'efforçaient d'afficher des mines de circonstance, en l'occurrence d'enterrement, mais le naturel reprenait vite le dessus et, avec lui, les aléas de la vie quotidienne. Les plus jeunes riaient, fumaient des cigarettes. Le plein air redonnait des couleurs aux visages. Sous le soleil d'août, les larmes séchaient vite. Les esprits n'étaient plus au recueillement. D'ailleurs, les parents de la défunte n'avaient pas de temps à perdre.

Le lendemain matin, Georges et Marie-Françoise fileraient sur la côte basque pour quinze jours. Le père discutait des préparatifs avec son frère qui était du séjour en compagnie de son épouse et de l'une de leurs filles. Georges s'inquiétait de l'état du bateau prêté par un ami, mais il comptait bien profiter de quelques sorties océaniques. Une semaine auparavant, ils avaient dû interrompre leurs vacances en Bretagne afin de voir une dernière fois leur fille avant qu'elle ne décède. La résilience n'était pas une vue de l'esprit chez ceux-là. S'il les avait connus, Boris Cyrulnik aurait pu les prendre en exemple et même les étudier. D'autres esprits, plus impétueux et radicaux, auraient eu envie de les fusiller. Florence vint saluer Patrick, Irène aussi. Ils promirent de se revoir vite. Les autres ne reconnurent pas Patrick Berthet ou bien l'ignorèrent. Dans la voiture de Mara les ramenant en ville après l'enterrement, Alexandre s'épancha auprès de son père.

— Tu as entendu ? Marie-Françoise et Georges partent au pays basque demain matin. C'est tout juste s'ils n'ont pas enfilé leurs bermudas et leurs tongs en sortant de l'église… On ne leur reprochera pas de porter le deuil avec ostentation.

— Tu exagères. Peut-être qu'ils ont juste besoin de prendre de la distance, de se changer les idées…

— Je trouve ça irréel. Et le mari qui n'a quasiment parlé que de lui pendant son laïus. J'étais sûr qu'il allait remercier Florence et Irène pour avoir accompagné sa femme jusqu'au bout. Non, même pas. Hallucinant. Sur quelle planète vivent-ils ? Je ne comprends pas ces gens, leur égoïsme, leur indifférence… On est chez les barbares. Je ne les voyais pas comme ça.

Patrick n'en pensait pas moins, sans oser abonder, craignant que le courroux d'Alexandre se s'étende par contagion à ses propres fautes. Mieux valait ne pas en ajouter dans l'indignation afin d'éviter tout effet boomerang. Il se fit déposer à son appartement qu'il proposa de faire visiter à Alexandre. Il accepta, dit au revoir à Mara qui, dans la foulée, rejoignait le Lot pour le dernier week-end avant la rentrée scolaire et la reprise des cours. L'appartement d'une quarantaine de mètres carré était neuf, sans âme, sobrement équipé, mais fonctionnel. Le fils ressentit un pincement au cœur à l'idée que son père, à cinquante ans passés, vive dans cette cage à lapins. Il n'en montra rien, fit mine de partager l'enthousiasme du locataire devant la machine à café mise à disposition.

— Bon, il n'y a pas de lave-vaisselle, mais je ne mange quasiment jamais ici, alors…

— Tu fais quelque chose ce soir ? demanda Alexandre. On pourrait dîner dehors justement. Je vais appeler Louis pour voir s'il est libre…

Berthet répondit présent sans se faire prier. Tous trois se retrouvèrent sur la terrasse de *La Pente douce* dans le quartier des Chalets. Alexandre relata à son ami l'épisode des obsèques. Sensible à la dimension tragi-comique de la scène, Louis préféra en rire et sa bonne humeur rejaillit sur la table. Patrick raconta une anecdote qu'il prétendait avoir vécue. Un jour, à Barcelone, il sonna à quatorze heures à une villa où il pensait être attendu. Or, l'assemblée, d'une soixantaine de personnes, était réunie en hommage à la mémoire d'un défunt qu'ils venaient d'enterrer. Portant un costume et une cravate noires sur une chemise blanche, Patrick Berthet ne déparait pas parmi les endeuillés, mais surtout on le prit pour un très proche du disparu. Les gens se succédaient auprès de lui, l'enlaçaient, l'embrassaient, lui présentaient de ferventes condoléances. Conscient immédiatement du quiproquo, il n'osa pas quitter les lieux sur le champ et reçut, avec une mine contrite, durant une demi-heure les divers témoignages d'affliction et de compassion avant de rejoindre enfin ceux avec lesquels il avait rendez-vous, à un pâté de maisons de là, qui ne crurent pas un mot de ses explications justifiant le retard. La scène, vécue ou imaginée, drôle et pathétique, provoqua de nouveaux rires.

Après la tension de la journée, Alexandre sentit un apaisement le gagner malgré l'absence de Mara. La troisième bouteille de vin de la soirée ouvrait la voie à une douce ivresse grâce à laquelle tout devenait enchanteur : le léger vent qui se levait, les visages de Louis et de son père éclairés dans la pénombre, les passants sur le trottoir. Ses pensées vagabondaient. Où reposent les amours mortes ? Nos vies sont-elles des lignes qui se croisent, se perdent, se rejoignent, des lucioles qui éclairent un temps nos pas puis disparaissent ? Il songea à sa mère. Elle lui manquait comme un pays perdu que l'on a encore l'espoir de retrouver, pas seulement dans les rêves. Les jours heureux d'autrefois existent quelque part puisqu'ils ont été, se dit-il en levant son verre et en lançant à ses compagnons : « Aux morts, aux vivants, à ceux qui restent ! »

Chapitre XXV

Sans Mara, qu'il ne connaissait pas six mois auparavant, Alexandre se sentait perdu, amputé, en instance. Entré en dépendance entière, il éprouvait exaltation et angoisse. Que deviendrait-il si elle le quittait ? Si elle disparaissait dans un accident au volant de sa Coccinelle ou bien si elle était emportée par une maladie foudroyante ? C'était la première fois que cette peur le hantait. Ses précédentes amours n'avaient guère dépassé le stade d'attachements éphémères. Camille le toucha, l'émut par sa fragilité. Marie était un rayon de soleil, une bulle de champagne. Emma resterait pour toujours sa première petite amie alors qu'il venait d'avoir dix-sept ans, mais Mara faisait battre son cœur d'une autre façon. Cela durerait-il ? Quand elle chuchotait « Je t'aime, tu sais ? », il se croyait bêtement invincible, protégé de tout. Fonderaient-ils une famille ? Quelle sorte de famille ? La sienne, Alexandre ne la connaissait pas réellement, sauf par des images et des récits falsifiés, mensongers, des simulacres.

L'irruption de son père avait agi tel un révélateur, comme l'on disait en photographie. Malgré lui, Patrick

Berthet avait permis à Alexandre d'avoir de sa famille une vision un peu plus conforme avec la vérité. Derrière les bons sentiments, les bonnes manières, les bras grands ouverts, les mots aimables, ce maintien bourgeois, étaient apparus des angles morts, des misérables tas de petits secrets, de la bassesse, un égoïsme insubmersible. Cet héritage coulait-il dans ses veines ? Dans son ADN ? Qu'avait-il fait de sa vie ? Valait-il mieux que ses cousins et ses cousines ? Alexandre se réveilla avec la gueule de bois en nageant dans ces pensées compliquées. Il but deux cafés, prépara des œufs brouillés, fit sortir Oscar, envoya un SMS à Mara. Son père lui avait dit qu'il passerait prendre un café après déjeuner. Il sonna un peu avant quatorze heures trente. Assis dans la cuisine, serrant entre ses mains une tasse de café, il annonça qu'il venait de déjeuner avec Irène en ville.

— Elle m'a dit que tu étais allé la voir et qu'elle t'avait parlé. Enfin, qu'elle t'avait parlé de moi.

— Oui, Irène m'a invité à me rendre chez elle par le biais de Florence.

Patrick Berthet se lança, comme dans un exercice qu'il avait longtemps répété, mais dont on ne pouvait connaître le résultat.

— Je comprends que tu m'en veuilles. Je n'ai pas été un père pour toi, sauf dans ta toute petite enfance. Rien ne pourra effacer ou réparer cela. J'ai été égoïste, imprudent, irresponsable. Je pensais protéger ta mère et toi aussi. Tu sais ce qui m'est arrivé, Irène te l'a dit.

Je pense à la prison, bien sûr. Je me sentais d'autant plus honteux que cela était mérité. Cette honte a duré longtemps, très longtemps. Puis, j'ai vécu, j'ai essayé d'oublier, d'aller de l'avant. Ne pas avoir revu ta mère avant la fin m'a broyé le cœur et je porterai cette chose – je dis cette chose, car je ne sais même pas lui donner un nom – jusqu'à mon dernier souffle. Tu as l'avenir devant toi et je te souhaite le meilleur. Tu l'auras. J'en suis sûr. Tu es quelqu'un de bien, je sais que tu ne feras jamais les mêmes conneries que moi. Je ne suis pas revenu pour ton pardon, mais juste pour te montrer que je suis là, que j'existe, que je ne suis pas le salaud que tu as sans doute imaginé. Tu dois me prendre pour un raté, un pauvre type, une grande gueule, un fanfaron… Je ne suis pas que cela. Tu as vu quelques-uns de mes amis, des gens bien, de belles personnes. J'ai aussi réussi des trucs dans ma vie et, tu sais, mon affaire de masques chirurgicaux avance bien. Bon, on s'en fout de ça. De toute façon, même quand je gagne, je perds toujours un peu et quand je perds, ce n'est jamais tout à fait… Je ne sais plus ce que je voulais te dire. J'ai de la repartie, mais je ne suis pas doué pour faire des phrases. Puis, j'ai tout le temps peur. Alors, j'en rajoute, je fais le malin. J'espère juste que tu n'as pas honte de moi…

Alexandre écouta la tirade sans l'interrompre. Il aurait souhaité à plusieurs reprises reprendre son père, le rassurer, lui dire qu'il comprenait – mais pas tout – certaines choses. Rien ne vint. Il le regarda dérouler sa confession, entre repentance et justification, sans trouver les mots qu'il eut voulu prononcer. Il se doutait que ce silence, qui accompagnait encore la fin du monologue, devait soumettre son père au supplice. Dans un film ou une sitcom, les deux hommes seraient tombés alors dans les bras l'un de l'autre, auraient échangé des larmes et des étreintes poignantes, quelques paroles inoubliables. Alexandre restait muet. Enfin, il parla.

— Non, tu ne me fais pas honte. Rassure-toi.

Il regretta aussitôt ce « Rassure-toi » en craignant que son père y perçoive une quelconque ironie. Au fond de lui, il était heureux et reconnaissant. Ces mots maladroits, bancals, imparfaits de Patrick Berthet, il les avait attendus depuis si longtemps. Peut-être même en avait-il rêvé dans son enfance ou dans son adolescence en imaginant le retour d'un père flamboyant qui réparerait les manques et les injustices. C'était trop tard pour cela. Il y aurait autre chose entre eux. Quoi ? Qui pourrait dire l'avenir de leurs souvenirs ?

— Bon, il faut que je file, dit Patrick Berthet.

— On se voit ce soir ?, demanda Alexandre qui n'avait trouvé que cette question pour exprimer sa reconnaissance sans dévoiler ses sentiments.

— Si ça te fait plaisir...

— Oui, cela me ferait plaisir.

— *Perfecto*, alors.

Alexandre n'avait pas envie de dîner au restaurant. Il cuisinerait. Il appela Florence afin qu'elle se joigne à eux et qu'elle transmette l'invitation à Irène. Après des courses en ville, il se mit aux fourneaux sous la surveillance étroite d'Oscar qui espérait obtenir ou chaparder quelque nourriture. Cuisiner lui permit de se concentrer, ne pas revenir aux paroles de son père, d'en conserver simplement l'énergie qu'elles avaient insufflée dans tout son être. Il prépara la table du patio avec une jolie nappe, un beau service, des bougies. Florence et Irène arrivèrent ensemble avec deux bouteilles de champagne, son père peu après muni d'un magnum de Comor rouge. Le menu concocté par Alexandre – des œufs mimosa à la poutargue, des anchois et du pata negra sur des toasts de pain grillé au beurre d'algues, une laitue avec des noisettes torréfiées, des pâtes fraîches aux poivrons et aux crevettes avec de minuscules morceaux de guanciale frits – valut au chef amateur de vives félicitations. À part les sorbets du dessert, il avait tout fait lui-même.

Les trois quinquagénaires, aiguisés par le champagne, se remémoraient le bon vieux temps. Le prénom d'Emmanuelle revenait dans la conversation, ce qui donnait à Alexandre le sentiment que sa mère était un peu là, parmi eux. Il en apprit plus sur Irène qui, après avoir été architecte et décoratrice d'intérieur, s'était reconvertie en artiste peintre. Elle fit défiler sur son portable certaines de ses œuvres suscitant les louanges de la tablée. Célibataire, deux fois divorcée, elle était mère d'une fille de trente ans qui travaillait dans la finance à Hong Kong. Aux acronymes et aux expressions utilisés par Irène pour décrire les activités de sa progéniture, Alexandre identifia l'un des nouveaux visages recouvrant les prêts toxiques qui avaient provoqué la crise dite des subprimes en 2008. Il se garda d'avouer le sort qu'il réserverait à ce genre d'individus s'il était président, ou plutôt dictateur, à savoir la pendaison haut et court. Ce n'était pas un soir à aborder les motifs de fâcherie. Oscar rôdait, faisait le beau, récolta à son tour son lot de compliments. Florence observait à la dérobée son neveu et voyait qu'il était heureux. Affermi par de superbes espérances que les années n'entament pas, Patrick Berthet exposa le brillant avenir promis aux masques chirurgicaux, ce qui fit rire les trois autres.

— Moquez-vous, moquez-vous. Vous verrez... On en reparlera !

Irène le regardait tendrement. Ils feraient un beau couple, se dit Alexandre en se reprochant aussitôt cette pensée. Finalement, ce dîner avait tout d'une petite réunion de famille. Une famille recomposée au sein de laquelle les liens de l'amitié avaient adopté Irène plus sûrement que les liens du sang. Avant les sorbets, Florence prit un selfie de leur assemblée qu'elle transféra aussitôt. Alexandre envoya la photo à Mara en écrivant l'inévitable « Tu me manques » puis choisit une sélection de chansons de Lucio Dalla. Il n'était pas allé en Italie depuis un bref séjour à Rome avec sa mère, mais il brûlait d'y revenir avec Mara. De l'Italie, il aimait le cinéma, la gastronomie, la littérature, la musique populaire et classique, certains clubs de foot. Un jour, il avait vu au Château d'Eau une exposition des photographies de Claude Nori sur des étés italiens dans des stations balnéaires. En noir et blanc, ces clichés dégageaient une grâce, une poésie, une sensualité innocente, une joie à peine teintée de mélancolie. Tout ce qu'il aimait chez Mara. Saurait-il un jour la photographier ainsi ?

Patrick Berthet avait repris les commandes de la conversation. À grand renfort de gestes, d'accents, de mimiques, il enchaînait des histoires où il avait le beau ou le mauvais rôle. Florence et Irène étaient bon public, mais certaines anecdotes se révélaient irrésistibles, comme celle d'un réveillon du Nouvel An où il avait roulé accidentellement, et sans réaliser son forfait, sur le petit chien des hôtes en garant sa voiture. L'état du pauvre animal, grièvement blessé, n'ayant été découvert que le lendemain matin, Berthet fut en outre accusé d'avoir tu son crime en espérant le dissimuler. Il changea de registre en évoquant l'idylle entre Alexandre et Mara, dont il se félicitait et qu'il voyait se diriger vers un prochain mariage.

— Papa, c'est bon, arrête avec ça…

Les yeux de Patrick Berthet brillèrent et un immense sourire d'enfant irradia son visage. Son fils l'avait appelé « papa ».

Chapitre XXVI

Mara avait repris les cours et découvert de nouveaux élèves, ni meilleurs ni pires que les précédents. Patrick Berthet séjournait régulièrement au Maroc où il prospectait des sites susceptibles de produire des masques chirurgicaux. Tout en prenant toujours soin de son ex-belle-mère, Florence s'occupait maintenant de sa sœur Françoise dont la dépression s'accentuait. Celle-ci, qui vivait seule, ne pouvait guère compter sur la présence de ses enfants, installés à Barcelone, Londres et Paris, qui arguaient de leur travail afin d'échapper à l'état de leur mère. De son côté, oncle Jacques considérait le mal-être de sa sœur comme un luxe d'enfant gâté. Alexandre, qui n'avait pas revu Françoise depuis les obsèques de Diane, l'appela et la convainquit à grand-peine de sortir de temps en temps avec lui pour aller dans un salon de thé, voir une exposition ou en prétextant de son expertise en vue de l'acquisition d'un meuble ou d'une babiole destinée à l'appartement. L'essentiel consistait à rompre sa routine, avait insisté Florence. Dans les rues, on devait les prendre pour une mère et un fils. Il lui suggéra des voyages, conseilla Séville, évoqua sa propre envie de découvrir Naples. Souvent mutique, elle sortait de son silence en émettant des remarques ou des considérations décalées avec la conversation que son neveu tentait d'amorcer. Sa beauté altière attirait des regards qu'elle ne remarquait pas. Un jour, alors qu'ils prenaient un chocolat chaud au *Florida*, Françoise émit l'envie d'adopter un chat. Alexandre l'encouragea vivement dans cette initiative en vantant les mérites d'Oscar dont les jeux, la fantaisie, le besoin d'affection, les manies constituaient un divertissement permanent.

Il rentrait généralement dépité des sorties avec sa tante, s'en ouvrait à Mara qui l'encourageait à persévérer. Quand il essayait de faire parler Françoise de sa sœur Emmanuelle, elle se contentait d'égrener des souvenirs d'enfance insignifiants puis retombait dans le mutisme. Même le nom de Patrick Berthet et des allusions à leurs retrouvailles la laissaient indifférente. Elle était ailleurs. Un soir où Mara et Alexandre devaient dîner chez Jacques et Laurence en compagnie de Françoise, cette dernière se décommanda au dernier moment en invoquant un coup de fatigue.

— On aurait dû passer chez elle en venant, elle serait venue avec nous, s'en voulut Alexandre.

— On ne peut pas faire le bonheur des gens malgré eux, répondit Jacques.

Le dîner fut lugubre. L'enthousiasme surjoué de Laurence ne suffisait pas à tempérer la mine taciturne de son mari. Sans qu'ils aient besoin de l'exprimer, la présence de

Mara dans la vie d'Alexandre ne suscitait pas chez eux une adhésion débordante. Une simple prof, une fille de petits paysans du Lot : on n'était pas vraiment habitué à cela dans la famille. Surtout, il y avait désormais entre Jacques et son neveu la présence de Patrick Berthet ; ce banni, ce maudit, cet oublié dont le retour représentait une anomalie autant qu'une provocation. Aucune référence à lui ne fut émise de la part de Jacques ou de Laurence. Alexandre respecta cette loi du silence. Il revint sur la santé de sa tante Françoise, s'inquiéta de l'absence de ses cousins, Paul et Pierre, qui ne venaient pas la voir, ou si peu.

— Tu sais, ils ont des responsabilités importantes, eux. Pierre prépare une très grosse vente à Drouot, Paul grimpe les marches à la City. Ils ne peuvent pas tout lâcher parce que leur mère a du vague à l'âme.

Alexandre apprécia à sa juste portée le « eux ». Les enfants de Françoise n'étaient pas des saltimbanques, ni vraiment journalistes, ni vraiment photographes, comme lui. Ils n'avaient pas le temps de boire le thé l'après-midi ou de chiner avec leur mère.

— Oui, tu as raison. Chacun pour soi et que le meilleur gagne. On n'est pas là pour s'encombrer des malades, des éclopés, des déprimés…

— Ne déforme pas mes propos, Alexandre. Ta tante n'est pas une pauvre créature sans défense et ces dernières années, depuis son divorce, elle a eu un peu tendance à s'apitoyer sur son sort. Et le monde ne tourne pas autour d'elle, que cela nous plaise ou pas.

Alexandre jugea bon de ne pas poursuivre les échanges et d'envenimer leurs relations. Il sentait bien qu'avec oncle Jacques ils étaient en position « Guerre froide » : la moindre provocation pouvait rompre l'équilibre et basculer vers un conflit généralisé. Il n'en avait pas envie, jugeant préférable une coexistence pacifique qui avait fait ses preuves, naguère, dans les relations internationales. Mara félicita Laurence pour son dessert. Les invités déclinèrent le café et disposèrent.

— Quel con, je ne le supporte plus, lâcha Alexandre dans la rue.

Mara le calma et le prit par la main. La nuit était tombée, les passants se faisaient rares en ce début de semaine, c'était un décor pour des amoureux. La ville les enveloppait de ses lumières, veillait sur leurs pas. Quelques jours plus tard, Patrick Berthet fut de retour du Maroc avec l'énergie des vainqueurs. C'est maintenant à Sète chez son ami Perrotta, puis à Paris, qu'il allait boucler « le tour de table » des investisseurs dans son entreprise de production de masques. Où tout cela allait-il l'amener ? s'inquiétait Alexandre.

Lors des vacances de la Toussaint, ils passèrent avec Mara une semaine à Naples. Dans les rues, sur les places, cela bouillonnait, palpitait. Le ballet des voitures et des scooters laissait Alexandre admiratif. Devant tant de virtuosité, un inattendu sentiment de sécurité rassurait les piétons. Les Français firent un régime à base de pâtes très *al dente*, de cafés très serrés, de pizzas fines et de vins épais. De longues promenades sur le front de mer brûlèrent quelques calories. Mara reconnût l'hôtel où Tony Soprano et sa garde rapprochée séjournaient durant l'intermède italien de la série télévisée de David Chase. Elle insista pour une visite guidée de l'opéra. Ils arpentèrent les musées, les églises, les palais et plus prosaïquement les boutiques de vêtements. Le visage de Maradona s'affichait encore dans les rues ou dans les restaurants. Celui du chanteur et musicien Pino Daniele lui disputait une timide concurrence. À Capri, ils n'arrivèrent pas à voir la villa Malaparte. Ils se promirent de revenir pour découvrir Ischia et la côte amalfitaine. Et pourquoi pas pour voir un match du Napoli…

Après le soleil napolitain, l'automne français les ramena à la réalité. Les jours suivants, Mara ressentit une certaine fatigue qu'elle mit sur le compte du voyage. Son visage n'avait pas le même éclat. Elle souffrait de furtifs vertiges qu'elle masquait à Alexandre. Après un cours matinal, elle s'évanouit. « Malaise vagal », conclut l'infirmière du lycée. La jeune femme s'efforçait d'ignorer ces troubles qui paraissaient disparaître avant de se rappeler perfidement à elle. Un soir, chez Alexandre, après avoir dîné d'une salade et d'une omelette, elle fut prise de violents vomissements. Elle se coucha, toujours nauséeuse, mais assura ses cours le lendemain avec de la fièvre. Surmontant son déni et son appréhension, elle se décida à consulter un médecin. Celui-ci ne diagnostiqua rien de particulier, sinon une fatigue passagère ou les effets d'un virus, tout en préconisant des examens plus approfondis si dans une semaine les symptômes étaient toujours vivaces. Ne voulant inquiéter Alexandre, Mara lui cacha ses petits maux récurrents ainsi que sa consultation. Il voyait néanmoins sa mauvaise mine, sentait son front parfois brûlant, constatait des pauses plus longues qu'à l'accoutumée à la salle de bains ou aux toilettes.

Les nuits, Oscar se postait maintenant à ses côtés comme s'il voulait veiller sur elle et la protéger d'un danger jusque-là invisible. Lors d'un cauchemar, Mara se vit sur un lit d'hôpital. Ses parents et Alexandre devisaient plutôt légèrement. Ils se félicitaient qu'elle n'ait pas souffert et trouvaient la chambre très bien équipée. Il faudrait remercier le directeur, disaient-ils. Assise dans un fauteuil, Bérénice s'énervait sur la télécommande de la télévision qui ne fonctionnait pas et attendait la livraison de plats qu'elle avait commandés. Mara était consciente, entendait les conversations, mais n'arrivait pas à parler. Jean-Louis et Anne Maulin annonçaient qu'ils avaient de la route à faire pour rentrer chez eux, Alexandre répondit qu'il allait partir lui aussi car il voulait voir la finale de la Coupe du Monde, seule Bérénice désirait attendre l'arrivée des plats. Cela fit rire les parents tandis que Mara essayait désespérément de se faire entendre, de mieux articuler avant de se rendre compte qu'elle n'avait plus de langue ni de dents. Le constat la rassura. Elle était donc vivante, juste privée de parole. Les autres allaient s'en rendre compte et ne pas l'abandonner. Quelque chose d'humide sur le visage la réveilla. C'était Oscar qui lui léchait le front. Avait-il senti qu'il fallait la sortir de ce mauvais sommeil ?

Cinq jours plus tard, elle se rendit à l'hôpital Purpan pour une batterie d'examens. Perplexe, son médecin avait obtenu un rendez-vous assez rapide. Elle n'en parla pas à Alexandre. À quoi bon l'angoisser si tout cela n'était que bénin ? Face à lui, elle donnait le change, prétextait vouloir rester à la maison le soir et voir un film pour échapper à une sortie au restaurant. Le jour venu, elle prit un bus plutôt que sa voiture pour aller à l'hôpital. Un mauvais pressentiment l'habitait. Elle priait intérieurement pour qu'il ne se concrétise pas, elle avait peur. Très peur. Au même moment, Alexandre buvait un café avec Louis sur la terrasse du *Wallace*. Sous ce ciel d'automne clément, entre deux éclats de rires, il ne pouvait se douter de rien.

Chapitre XXVII

D'abord, son père. C'est lui qu'il avertirait en premier. Ensuite, Florence, Louis, Arnaud, Jacques et Laurence. À l'hôpital, le médecin avait été formel : pas d'erreur de diagnostic possible. Il ne se voyait pas lui annoncer cela par téléphone. Par bonheur, Patrick Berthet était rentré de ses rendez-vous professionnels depuis deux jours. Ne voulant trahir son état par sa voix, Alexandre le contacta par SMS. Son père passerait à dix-sept heures à l'appartement. Apparemment, il n'avait cédé que sur l'insistance d'Alexandre ayant mis fin aux atermoiements paternels (« Jé des trucs à fer », « ca peupa attendre »...) par un « S'il te plaît, c'est important. » récoltant un « OK, 17 H alors ». En d'autres circonstances, ces échanges l'auraient exaspéré. Là, il était encore sous le choc de la nouvelle que Mara lui avait apprise moins de vingt-quatre heures avant. Elle avait pleuré, Alexandre aussi. Ils s'étaient pris dans les bras et ne s'étaient couchés qu'autour de quatre heures du matin, mais Mara avait tenu à aller au lycée malgré tout. Depuis, Alexandre se projetait dans les prochains mois sans parvenir à concevoir tous les bouleversements à venir. Il faudrait tenir bon, l'accompagner, la soulager lorsqu'elle souffrirait, la rassurer quand elle aurait peur. Il avait promis.

Patrick Berthet se présenta à l'heure dite. Ils s'embrassèrent.

— Bon, qu'est-ce qu'il y a de si important ? C'est quoi ce mystère ?

— On va aller dans la cuisine. Assieds-toi…

— Oh, rien de grave, mon fils ? Dis-moi…

— C'est Mara…

— Qu'est-ce qu'elle a ?

— Tu vas être grand-père…

La sidération sur le visage de Patrick Berthet n'était pas feinte. Il se leva, écarta les bras, resta silencieux quelques secondes avant de s'écrier :

— Eh ben, ne fais pas cette tête d'enterrement. C'est une bonne nouvelle !

Mara était enceinte depuis un peu plus de deux mois. Un « accident », comme l'on dit, puisqu'ils n'avaient pas envisagé d'avoir un enfant maintenant. Elle avait appris sa grossesse la veille. Voilà, son père était le premier à le savoir. Mara appellerait ses parents puis sa sœur tout à l'heure à son retour du lycée. Patrick Berthet voulut trinquer sur-le-champ. Son fils alla chercher une bouteille d'arak brun des Tourelles. Ils avaient presque achevé la deuxième tournée quand Mara apparut. Elle reçut les félicitations du futur grand-père qui lui servit un grand verre d'eau pour fêter l'événement.

— Eh oui, fini les bêtises, plus d'alcool ! Nous, en revanche…, lança-t-il à son fils qui ressortit les glaçons pour le troisième verre d'arak.

Oscar vint se joindre à eux.

— Au fait, pour les femmes enceintes, c'est pas déconseillé les chats ?, s'enquit Patrick Berthet. Ils peuvent transmettre une maladie, je crois, la toxoplasmose ou un truc comme ça.

Son fils fronça les sourcils et annonça qu'ils étudieraient cela en temps venu.

— Je dis ça car je peux m'en occuper et le prendre chez moi, ce chat m'adore, crut bon de préciser le néo-spécialiste en grossesse et maladies prénatales.

Décidément investi dans la nouvelle situation, le père d'Alexandre expliquait maintenant à Mara la façon dont il fallait s'occuper d'un bébé, le problème des nuits, des rythmes alimentaires, de la chaleur des biberons, des dents… Un vrai pédiatre.

— Ne l'écoute que pour les conseils qui concernent les bébés. Après l'âge de cinq ans, les compétences paternelles de Patrick Berthet sont plus incertaines, voire nulles, répliqua Alexandre dans un sourire narquois.

Il encaissa le coup bas, Mara fit diversion en disant qu'elle devait appeler ses parents pour leur annoncer qu'eux aussi allaient être grands-parents. Patrick Berthet exigea un appel via FaceTime. Jean-Louis et Anne Maulin, sous le coup de l'émotion, félicitèrent les futurs parents et eurent en outre le privilège d'avoir un premier contact avec l'improbable beau-père de leur fille aînée qui promit de se rendre dans le Lot afin de les rencontrer. À son tour, Bérénice cria de joie, leur envoya des baisers dans le téléphone. Le coup de fil à Florence se solda par son arrivée trente minutes plus tard avec une bouteille de champagne. Louis débarqua peu après. Arnaud était sur messagerie. On commanda des pizzas.

— Pas de pizza aux fruits de mer pour la maman, avertit Patrick Berthet très concerné.

Après le repas, Mara but une petite gorgée de champagne.

— La dernière coupe, mais quelle coupe !, lança-t-elle, suivie des applaudissements de l'assemblée.

Alexandre brancha l'enceinte sur une compilation de chansons de Ketama. Des airs de flamenco et de rumba résonnèrent dans le salon en déclenchant des danses, des grands gestes, des coups de talon, des claquements de doigts. L'Espagne poussait sa corne. Arnaud manquait, il aurait apporté son hispanité d'adoption à la petite fête, aurait mimé des passes mythiques de toreros, aurait fait rouler les « r », aurait cité des poètes ou des écrivains. Quand tout le monde fut parti, Mara et Alexandre s'embrassèrent sur *Viviré*.

Chapitre XXVIII

Les semaines passèrent, le ventre de Mara s'arrondissait doucement. En début d'année, Alexandre apprit le décès de monsieur Fernand, survenu quatre jours auparavant, par le chef du restaurant *L'Air de famille*. C'est une dame faisant appel à ses services qui, s'inquiétant de ne pas avoir de réponse à ses coups de fil et messages téléphoniques, alerta les pompiers. Ils trouvèrent le vieil homme dans son lit. Le quartier était en berne. Rapidement, le fils et la fille de monsieur Fernand, dont le voisinage n'avait jamais entendu parler et que personne n'avait jamais vus, vinrent vider l'appartement. Dans la rue, ils avaient abandonné un sommier, des étagères et des cartons destinés au service des « encombrants » ou à ceux qui voudraient se servir. Il y avait des livres, des CD, des objets divers comme les magnets que le défunt collectionnait. En passant dans la rue, Alexandre aperçut un petit carton rempli de lettres qu'il n'osa consulter.

Parmi ces pauvres reliques qui résumaient une part d'une vie bientôt oubliée, il repéra aussi des bateaux en bois. Visiblement, monsieur Fernand n'avait pas eu le cœur à les jeter. Le jeune homme en prit un au hasard.

Des gens avaient pioché dans le tas, les livres en désordre en attestaient. Sur une pile de CD, le visage de Patrick Sébastien affichait une hilarité hors de propos. Alexandre reconnut l'un des trois CD qu'il avait achetés. Il le récupéra. Ce serait son héritage, leur héritage. Avec Mara, ils raconteraient plus tard à leur enfant que sans ce petit objet en plastique, ses parents n'auraient peut-être pas vécu ensemble. Le voleur de souvenirs rentra chez lui en prenant soin de son butin. Il le présenta à Mara qui caressa tendrement la joue du petit garçon qu'il était redevenu un instant.

Alexandre et Patrick avaient pris l'habitude de faire de longues promenades à travers la ville. Des lieux chargés de mémoire, de ravissement ou de chagrin, comme la première école d'Alexandre ou la rue qui abritait le cabinet d'avocats au sein duquel Emmanuelle fit ses débuts, offraient au père l'occasion de se confier. Parfois, ils marchaient côte à côte, sans rien dire, en profitant simplement de ces moments qui n'avaient plus besoin de mots. C'étaient juste deux hommes dans la ville. Un père, un fils. Bientôt, deux pères et un grand-père.

À la surprise des siens, Françoise s'était installée à Madrid pour y poursuivre son métier d'antiquaire dans le quartier de la Chueca. À presque soixante ans, elle s'émancipait. Son frère Jacques désapprouva l'initiative, craignant de voir dans cette décision l'influence néfaste et sans doute vénale d'une relation de sa sœur, un marchand d'art de dix ans son cadet, qu'il soupçonnait d'être entré également dans le lit de Françoise.

D'autres projets attendaient Alexandre et Mara. Leurs meilleurs amis respectifs, Louis et Myrtille, seraient le parrain et la marraine de l'enfant. La naissance étant prévue pour la fin du mois d'avril ou le début du mois de mai, les parents de Mara organiseraient une grande fête chez eux le dernier week-end de mai. Le risque de transmission de toxoplasmose ayant été jugé, après des avis autorisés, quasi inexistant, Oscar put rester à son domicile. Le couple connaissait le sexe de l'enfant qu'il tenait encore secret. Chacun y allait de son pronostic. « Une petite fille, belle et blonde comme sa maman », disait Florence. « Ce sera un couillu ! », clamait Louis. Mara expliquait gentiment au futur parrain qu'en 2018 il ne convenait plus d'employer de tels termes. Patrick Berthet affirmait ne pas se soucier de la question. On n'était pas obligé de le croire. À l'abri des indiscrets, Alexandre et Mara jouaient au choix du prénom. Souvent, les plus étranges ou absurdes s'invitaient.

— Et Mara, ce n'est pas banal non plus comme prénom, pas vrai ? se justifiait alors Alexandre.

Curieusement, l'affaire de masques chirurgicaux de Patrick Berthet semblait lancée sur de bons rails même s'il fallut attendre l'année 2020 pour que son entreprise fasse fortune de façon totalement inattendue, grâce à un virus venu de Chine, mais ceci est une autre histoire. À l'approche de la naissance, Alexandre fut atteint de crises d'angoisse. Quel père serait-il ? C'était quoi un « bon père » ? Un vertige le gagna. Tout était allé si vite. Pour se calmer, il relisait quelques-uns de ses auteurs de chevet : Paul-Jean Toulet, Jean de La Ville de Mirmont, Alexandre Vialatte, Antoine Blondin... Mauvaise idée pour ce dernier. Alexandre avait oublié combien, dans *Monsieur Jadis*, la scène du Noël raté de Jadis, le double romanesque de Blondin, avec ses enfants était déchirante.

Alexandre essaierait d'éviter cela au bébé que portait Mara. Avec sa mère, ils tenteraient de lui donner le goût des siens et le goût des autres, le goût des horizons lointains et des terres qui rassemblent, celui des départs et des retrouvailles, des premières fois et des recommencements, des mots et des images, de la littérature et du cinéma, des notes de musique et des paroles qui nous persuadent de venir de loin avec la liberté qu'autorise la mémoire. Ils lui transmettraient le souvenir de ceux qui ne sont plus et qui nous entourent cependant, de façon discrète et omniprésente.

D'un commun accord entre Mara et Alexandre, la petite fille fut prénommée Emmanuelle. Comme sa grand-mère qu'elle ne connaîtrait jamais. Enfin, jamais vraiment, mais un peu quand même.

Achevé d'imprimer en France en mai 2025
par CPI Bussière
Dépôt légal : juin 2025
N° d'impression : 2084854